AF142855

Nathalie MORGADO – L'instant F(x)

Nathalie Morgado

L'instant F(x)

©2017 Nathalie Morgado
Éditeur : BoD-Books on Demand12/14 rond-
point des Champs Élysées, 75008 Paris,
France. Impression: BoD-Books on Demand,
Norderstedt, Allemagne
ISBN : 9782322138456
Dépôt légal : Mars 2017

Photos DR

Une fonction f est un processus qui, à un nombre x, fait correspondre un autre et <u>unique</u> nombre : (fx).

X est l'antécédent de f(x)

F(x) est l'image de X par la fonction f

Un nombre ne peut avoir qu'une seule image. Mais un nombre peut avoir plusieurs antécédents.

Cette fonction peut se noter f : x = x au carré

(Cours de mathématiques, niveau collège).

Pour François-Xavier Briollais.

Note de l'auteur :

Ce roman est une fiction. Bien que cela soit un peu passé de mode, j'ai tout inventé, de A à Z. Deux jeunes galeristes parisiens (François-Xavier Briollais, Galerie R moins 2 http://www.r-2.fr/ et Arnaud Faure Beaulieu, No Mad Galerie http://nomadgalerie.com/) m'ont certes servi de muses. Je dis bien de muses et non de modèles. N'hésitez pas à visiter leurs galeries, cela vaut le détour.

Dans ma vie professionnelle, notamment pour www.galleriemoi.fr et dans ma vie privée, ces deux personnes ont joué un rôle sympathique qui m'a donné envie de leur offrir un double de papier.
Ce roman n'est donc pas une autofiction. Il m'a semblé utile de faire cette mise au point car en 2017, on a trop habitué les lecteurs à ce genre littéraire et on oublie trop souvent qu'une histoire est avant tout le fruit d'une imagination.

Pour finir, je tenais à préciser que j'adore l'Italie, pays auquel ce livre rend hommage de façon indirecte. Au moment où j'écris ces lignes, je m'apprête à m'envoler pour Milan, la plus belle ville au monde selon moi.

ECOLE MILITAIRE

- Vous achetez quelle marque, vous ? Arnaud ne tourna pas la tête. Il était évident que la question ne lui était pas personnellement adressée. Encore sonné par les surprises de la soirée précédente, il se demandait comment sortir de ce labyrinthe de boites de conserves.

C'est dingue comme les linéaires des supérettes vous paraissent disproportionnés quand vous êtes dans un état transitoire entre l'ivresse la plus totale et le début de la gueule de bois. Il se demandait bien comment il avait pu atterrir là, plus précisément comment il avait pu passer de son appartement avec Chiara, sa copine, avocate à Milan, au Ship Shop de l'Ecole Militaire, rayon Saveurs d'Italie. Certes il se dégageait bien de la situation une vague logique : Chiara, l'Italie, les nouilles ...
Cependant au fur et à mesure qu'il se dégrisait, la situation lui apparaissait dans toute son étrange incongruité. Il devait bien admettre qu'il devenait de moins en moins rassuré concernant le déroulement de sa nuit précédente. Passer de son canapé-lit et des cuisses d'une avocate italienne à cette supérette dont les néons lui faisait pleurer les yeux et couler son mascara, sans avoir le

moindre souvenir de ce qui s'était passé entre temps, était en soi plutôt inquiétant et Arnaud avait un peu trop regardé la quatrième dimension quand il était petit.

Dans l'absolu, autant atterrir ici plutôt qu'au fin fond d'un squat puant. Malgré tout, il y avait quand même de quoi cogiter : le quartier de l'Ecole Militaire n'était en aucun cas sur la liste de ses spots favoris, il préférait de loin faire ses courses au Bon Marché plutôt qu'au Ship Shop et hormis son attirance pour les seins de Chiara (mais elle n'était même pas à 100% italienne, elle ressemblait plus à une anglaise qu'à une beauté vénitienne) il n'avait jamais eu d'affinités particulières avec ce pays.

Il n'y avait jamais mis les pieds et ce n'était pas dans ses projets à court terme. Enfin, cet argument supplantait tous les autres : il était prêt à travailler soixante-dix heures par semaine, s'il le fallait, pour ne plus jamais être contraint d'acheter une de ces horribles boîtes de raviolis spongieux et dégueulasses, comme celle que lui brandissait sous le nez un petit vieux à cheveux blancs, en costard Dormeuil, bien trop élégant pour faire ses courses dans un pareil endroit. Histoire de le rassurer, le vieux lui dit :

- Cela faisait longtemps que j'avais envie de venir ici.

Résigné, Arnaud entreprit de le

regarder plus attentivement. Le vieux était carrément flippant avec son sourire jusqu'aux oreilles, son regard aussi brillant que ses chaussures impeccablement cirées. Il semblait à présent évident qu'il voulait engager une conversation, ce qui était au-dessus de ses forces. Il ne voulait pas être désagréable mais comment expliquer à un étranger béat, d'environ quatre-vingt ans, qu'il n'avait aucun souvenir depuis la veille ? Espérant se débarrasser de la corvée d'être aimable, Arnaud s'entendit répondre d'un ton super jovial :

- Comme c'est drôle ! Moi aussi !

- Vous savez, c'est le magasin préféré de Stéphane Bern, enchaina le vieux sur un ton didactique.

- Ah…

- Hé oui !

Puis comme Arnaud ne relançait pas la conversation :

- Je suis sûr que je vous ai appris quelque chose, là !

A cet instant, Arnaud commença à perdre espoir. Il était évident, que pour une raison obscure, il n'était pas capable de fuir ce vieux et ce magasin. Il était évident que pour des motifs encore plus nébuleux, il allait devoir subir une conversation sans intérêt, plate comme un trottoir de rue, de la part d'un vieux qui se croyait supérieur à lui intellectuellement.

Peut-être suis-je mort, songeait Arnaud.

Peut-être est-ce la version de Huis clos qui m'est réservée ? Mille idées lui passaient par la tête. L'enfer c'est les autres. Nous sommes dans l'antichambre de l'enfer. Nous sommes là, lui et moi, en tandem fixe et figé et il va me torturer de ses platitudes jusqu'à que je supplie le diable de venir me chercher.

D'un point de vue objectif, ce vieux monsieur était assez distingué. Il avait un port de tête altier et il parlait avec cet accent typique de la grande bourgeoisie de la Rive Gauche. Arnaud aurait adoré le rencontrer en d'autres occasions, ailleurs, pour discuter affaires et lui vendre un tableau.

Il lui semblait que ce devait être un vieux plutôt agréable, cultivé et…riche.

Arnaud se mit à imaginer où il vivait et avec qui. Il était convaincu que c'était un habitant du quartier. Il devait habiter près de la station Ecole Militaire, peut-être aux Invalides, au pire près de la station de métro François-Xavier. Dans d'autres circonstances, la rencontre aurait été prometteuse. Mais présentement le hic, le hiatus, le truc qui n'allait pas, mais alors pas du tout, c'est que ce vieux monsieur était clairement en extase devant une boite de raviolis.

Cela devait bien faire un quart d'heure

qu'il la retournait dans tous les sens sa boite, avec la joie et le ravissement d'un enfant qui a trouvé un trésor sur la plage ou d'un homme qui a découvert une liasse de billets sur son paillasson. Et le pire, songeait Arnaud, c'est que ça fait un quart d'heure que je le regarde regarder sa boite.

Le vieil homme rayonnait en effet littéralement de bonheur. Arnaud aurait pu dessiner en orangé les ondes de bonheur qui émanait de lui.

Ça lui rappelait la béatitude de son chien quand ce dernier lui déposait avec fierté sur son couvre-lit tout propre des corps de pigeons morts immondes, déchiquetés, à moitié pourris et déjà à moitié mangés. Ce n'est pas grave, songeait Arnaud, j'ai du travail. A un moment donné je finirais bien par quitter cet espace-temps. Juste comme il se faisait cette réflexion, une grosse Mama africaine le poussa du coude pour accéder aux paquets de spaghettis. Il ne s'était pas rendu compte qu'il gênait l'accès au linéaire. Plus précisément il était complétement avachi dessus. Le rayon supportait bien plusieurs dizaines de paquets de nouilles et surtout, empêchait le corps d'Arnaud de descendre tout en bas, au niveau du riz premier prix, même pas bon pour les perruches. C'était une sorte de tuteur pour son corps, aussi mou que la tige d'un liseron. Au loin, on entendait grésiller une radio annonçant qu'il était dix heures.

Comme Arnaud s'obstinait à ne pas bouger, la Mama s'énerva et lui manifesta son mécontentement en lui donnant un grand coup de sac dans les côtes, assorti d'un regard en biais empreint de colère.

- Vous aimez ça les pates ? contrairement à la Mama, le vieux était tout sourire.

Arnaud prit une profonde inspiration.

- Le ravioli n'est pas un plat italien. Il vient de Perse voire de Russie. Vous connaissez les pirojkis ? Non ? Hé bien dommage pour vous. C'est autre chose, vraiment. On peut dire que ce sont des raviolis, version russe, tout empreints de l'âme slave. Tout le chic des grands espaces est contenu dans deux morceaux de pâte feuilletée, alors que là votre version du ravioli manque clairement de finesse. C'est plein de mauvais gras et d'os et de nerfs broyés dans la farce. Cela doit contenir un peu moins de 12% de viande de bœuf votre truc. Un jour mon cousin a trouvé une souris morte broyée dans sa conserve. Mais bref, passons. L'ancêtre du ravioli s'appelle le sambusaj. On en produisait déjà au Moyen-Age, en basse Catalogne…

Le vieux l'écoutait, médusé.

- Vous en savez des choses !

- C'est vrai, soupira Arnaud. Je ne le fais pas exprès. J'ai une mémoire photographique. J'ai dû lire un article dans Wikipédia sur les raviolis du temps où j'étais étudiant fauché et je l'ai mémorisé.

- Prodigieusement fabuleux ! Le vieux était d'un enthousiasme communicatif mais Arnaud tenait à s'expliquer jusqu'au bout.

- Enfin, ce n'est pas un don si génial que ça. Quand j'entends une connerie à la radio, n'importe quoi, une chanson de variété avec les paroles les plus débiles possibles, je la mémorise instantanément et elle tourne en boucle dans ma tête pendant des heures. Cinq ans plus tard je suis capable, même défoncé, de vous ressortir la connerie à l'identique.

- Fabuleux !

- Non vraiment c'est un talent inutile, se défendait Arnaud qui tenait à faire comprendre au vieux qu'il n'était pas doté de facultés extraordinaires. Si j'entends un morceau de musique classique, du Stravinski ou du Mozart par exemple, je serai bien en peine de restituer la mélodie. Par contre si c'est une scie du hit-parade, vous pouvez compter sur moi. Je connais par cœur tout le répertoire de la Compagnie Créole, de Patrick Sébastien, des trucs comme ça et croyez bien que cela me désole. J'ai l'oreille absolue sélective.

Le vieux l'écoutait attentivement, la tête reposant sur sa boite de raviolis qu'il n'avait toujours pas lâchée. Il le fixait de ses yeux bleus délavés, des yeux de vieux monsieur qui ont beaucoup vu le Monde, et qui, fatigués sans doute par tout ce qu'ils avaient vus, décidaient de plus en plus de ressembler à des yeux de petit garçon distrait. Arnaud se fit malgré lui cette réflexion : serait-ce un vieux qui tricote du plafond ? Parce que par moments le regard du vieil homme ressemblait aussi à celui de quelqu'un qu'on a tiré de ses profondes réflexions ou de son sommeil. C'était un vieux heureux, hagard et égaré.

- Moi, avec l'âge, j'oublie tout, lui dit-il comme s'il lisait dans ses pensées.

Alors Arnaud se sentit suffisamment en confiance pour exprimer ses angoisses :

- Et moi c'est précisément parce que je n'oublie jamais rien que je suis inquiet de ne pas savoir pourquoi je me retrouve ici avec vous !

Le vieux dodelinait de la tête.

Il se mit à étudier avec minutie Arnaud. Il s'enhardit jusqu'à le regarder sous le nez. Il était beaucoup plus petit que lui et Arnaud n'aimait pas du tout cette désagréable sensation d'être inspecté par une petite personne inquisitrice.

- Procédons de façon logique. Vous étiez à une fête ? Vous avez pris des substances ? finit par demander le vieux.

- Non, pas du tout, répondit catégoriquement Arnaud. J'étais avec Chiara.
- Qui est Chiara ?
- Hé bien…

Un deuxième phénomène étrange se produisit alors. Arnaud savait parfaitement qui était Chiara. On le lui aurait demandé hier, il aurait répondu sans hésiter : ma compagne ! Et c'est une emmerdeuse !

Mais là, c'était plus confus. Il avait envie de parler d'elle avec des mots clés ou des hashtags genre #italienne #brune #avocate #milan. Son cerveau devait se concentrer à l'extrême pour répondre à cette question simpliste : qui est Chiara ?

- C'est une avocate milanaise. Une fille qui habite chez moi en ce moment, finit-il par répondre.
- Et elle est jolie ? lui demanda du tac au tac le vieux monsieur.
- C'est difficile à dire, répondit de façon tout aussi spontanée Arnaud. Il faut dire que c'est une italienne. Elle est toute refaite. Elle a la peau plus lisse que celle de mes fesses (mais qu'est ce qui me prend de parler d'elle comme ça ! se dit-il au moment où il prononçait cette phrase).
- Et vous l'avez rencontrée comment ?

S'il avait été en possession de tout son libre arbitre, Arnaud n'aurait pas poursuivi. Mais c'était comme s'il était atteint d'une logorrhée verbale. Il fallait qu'il parle à ce vieux. Il fallait qu'il lui raconte des choses intimes qu'il s'efforçait en temps normal de cacher au maximum à son entourage.

- C'était du temps où j'étais procureur. Elle était avocate. Le hasard a fait que nous nous sommes souvent confrontés. C'était plus fort que moi. Cela m'excitait terriblement de l'affronter dans le prétoire. A chaque fois que je perdais un procès en face d'elle je me disais : il faut que je la saute, que je la baise cette salope d'italienne qui me fait perdre des clients, de la crédibilité et mon orgueil de mâle. Et en même temps, je l'aime beaucoup, j'ai énormément de respect pour elle, c'est une érudite, elle a défendu de grandes causes. Elle est très chère comme avocate, un peu comme les putes de luxe mais comme les putes de luxe c'est parce qu'elle connait très bien son affaire. Elle se donne à deux cent pour cent.

Toujours est-il que je ne sais pas pourquoi, mais quand elle avait l'avantage, je n'étais plus qu'une pulsion. Je voulais la faire taire en lui collant mon sexe dans la bouche. Parle pas la bouche pleine, lui disais-je en pensée tandis qu'elle dévidait ses arguments devant la Cour. Je fantasmai sec. Vu qu'elle est très bonne en plaidoirie, j'ai été plus d'une fois à deux doigts de la violer en pleine audience. Par contre quand je gagnais, je la trouvais vieille et moche et il fallait absolument que je prenne rendez-vous avec Irina, une copine tchèque, pour une heure trente minimum…

Histoire de décompresser.

Le vieux l'écoutait avec amusement. Arnaud poursuivit.

- Chiara était en couple avec une espèce de gros abruti d'italiano macho.

Ils habitaient dans un appartement très chic, avenue Mozart, meublé de façon complétement impersonnelle. C'était très moche chez eux. On se serait cru dans une page de *Elle Décoration* spécial nouveaux riches. Aucun goût. C'est simple, tout était hideux mais coutait une fortune. Si vous cassiez une assiette c'était une assiette à deux cent euros. Personnellement je n'aimais pas mon métier de procureur. C'est un métier de méchant et moi je suis un gentil…

- Qu'avez-vous fait ? l'interrompit le vieux.

- J'ai décidé de devenir galeriste. Ce n'est pas si éloigné. Vous défendez des œuvres et des artistes. Et je me suis tapé Chiara tous les jours. Son mari me l'a cédée très facilement contre trois œuvres, j'ai fait une très bonne affaire et lui aussi. Personne ne s'est senti lésé sur le moment. Il faut dire que Chiara est tellement pénible au quotidien que je comprends pourquoi il n'était pas du tout triste de me la passer…

- Pénible comment ? le coupa à nouveau le vieux que toute cette histoire passionnait.

- Hé bien, par exemple, elle ne tire jamais la chasse d'eau des toilettes, elle ne sait pas que le linge sale se met dans un panier et que le panier se fourre dans la machine. Elle est très classe, chacun de ses tailleurs vaut au moins mille euros et elle ne porte que des Louboutins mais régulièrement sous les oreillers vous trouvez des tas de culottes sales qu'elle n'aurait jamais l'idée de laver !

Pour Chiara les culottes c'est comme les feuilles d'essuie-tout, elle les utilise et elle sème ça dans tout l'appartement. Si vous lui faites remarquer, elle s'offusque et accuse la femme de ménage. Je lutte quotidiennement contre l'invasion du chaos. Je l'ai déjà mise au pied du mur et elle ne s'est pas dégonflée. Elle a copieusement engueulé la petite cambodgienne qui fait les poussières en la traitant de dégueulasse et en me démontrant par a + b que ce ne pouvait pas être elle, la grande Chiara qui se comportait comme une pouilleuse. C'était très argumenté, une superbe plaidoirie de poissonnière et bien que dans mon droit, j'étais tellement sous le charme que je l'ai baisée à fond avant de faire la lessive. Elle baise aussi bien qu'elle argumente alors je suis arrangeant parfois.

Par contre quand l'appartement commence à ressembler à une vieille cave, si je suis trop fatigué, je dors à l'hôtel. Avec Irina. C'est une sorte de cure au moment du changement de saison.

- Vous avez une vie trépidante ! conclu avec enthousiasme le vieux.

 Arnaud restait songeur.

- C'est vrai qu'elle a un petit truc en plus. Je ne sais pas si c'est un oubli conscient ou pas mais elle ne botoxe jamais son cou. Elle a un cou de dindon. Vous allez dire que je suis tordu mais ce bout de peau qui pend m'excite terriblement. Plus son cou se flétrit, plus elle m'excite. Je l'appelle mon petit dindon d'ailleurs.

Le petit vieux tapait dans ses mains d'enthousiasme.

- Est-ce que vous êtes amoureux ? lui demanda le vieux en faisant sauter en l'air sa boite de raviolis.

Arnaud réfléchit pendant un long moment.

- Je ne crois pas, finit-il par répondre avec un grand sourire. En amour, je suis une crevette.

- C'est-à-dire ?

 Arnaud aimait le visage étonné de son interlocuteur.

- Hé bien les crevettes ont le cœur dans la tête.

 Le petit vieux devint pensif.

- C'est votre tour, lui dit alors Arnaud.

- Mon tour de quoi ?

- De me raconter votre vie.

23

- Oh !

A cet instant précis, la journaliste, Mademoiselle Vergnes, apparut dans le champ de vision d'Arnaud. Au cinéma on aurait qualifié cette intrusion de *close-up* car il semblait à Arnaud qu'il ne voyait que son visage, en gros plan, emplissant tout l'espace et crispé par l'angoisse.

- Vous êtes encore ici Monsieur le Comte ? Ça fait deux heures que je vous cherche ! Votre femme et vos petits-enfants vous attendent pour aller à Bagatelle. Allez ! On y va ! Il est tard !

- Non, gémit le vieux. Je reste ici. Avec mon nouveau copain.

La journaliste, Mademoiselle Vergnes, leva un regard dubitatif vers Arnaud.

Depuis qu'il discutait avec le vieux dans le rayon pates du Ship Shop de l'Ecole Militaire, un certain nombre de personnes étaient passées s'approvisionner en produits divers et variés, prêtant une oreille distraite à leur conversation. Mais, systématiquement, tous le gratifiaient du même regard réprobateur.

- Je sais, s'excusa presque Arnaud. J'ai du mascara et du vernis bleu.

- Oh mais moi monsieur je ne juge pas, s'empressa de répondre la journaliste, Mademoiselle Vergnes.

- Oui, soupira Arnaud. Vous êtes bien urbaine.

- A Paris, le ridicule ne tue pas, conclu sèchement la journaliste, Mademoiselle Vergnes. Allez monsieur le Comte, dites au revoir à votre copain et posez cette boite de raviolis ! Nous n'allons pas l'acheter, ils y en déjà plein à la maison.

Le Comte ne bougeait pas d'un iota.

- On y va, s'impatientait la journaliste, Mademoiselle Vergnes.

Arnaud aurait juré qu'elle avait tapé du pied par terre comme un enfant en colère.

- On ne peut pas rester encore un peu ? Je dois raconter mon histoire à mon nouvel ami.

La journaliste, Mademoiselle Vergnes, soupira.

- Vite, alors.

Le visage du vieux s'illumina.

- C'est la journaliste qui s'occupe de moi, expliqua-t-il à Arnaud. Vous savez, dans la presse les temps sont durs. Les journalistes sont les ouvriers du point Bedaux de nos jours. Alors ils cherchent des petits boulots.

- Elle, c'est nounou pour vieux, compléta Arnaud.

- Je suis aussi professeur de français pour le bac, précisa fièrement la journaliste, Mademoiselle Vergnes.

- Oui c'est tout à fait cela. Elle nous est bien utile. Elle nous aide à porter ma petite-fille, à la mettre dans sa poussette, à l'installer dans sa chaise bébé. Elle nous accompagne boire des chocolats chauds à Bagatelle quand nous ne voulons pas être en tête à tête ma femme et moi.

Pensez donc : cinquante-cinq ans de mariage ! On s'est déjà tout dit ! On ne va pas se regarder dans le blanc des yeux en buvant des chocolats comme les amoureux que nous ne sommes plus. Et puis, vous n'allez pas me contredire : les trucs à trois sont toujours plus sympas. En plus, une journaliste ! dit le vieux en faisant un clin d'œil.

- Je comprends, acquiesça Arnaud histoire de dire quelque chose.

La journaliste, Mademoiselle Vergnes, levait les yeux au ciel.

- Contrairement à vous, continuait le vieux, je n'aime pas la peau qui pend. Ma femme a tout qui pend : la peau de ses bras, de vrais ailerons de requins, on ne dirait pas un dindon, non, plutôt un requin bigleux, et en plus ça va avec son caractère d'hyène car ma femme n'a jamais été sympathique et ce n'est pas à quatre-vingt-deux ans qu'elle va s'améliorer. Elle est plus près du déclin que de la perfection. Toute sa peau pend dis-je, celle de son cou, ses seins, ses paupières et même ses grandes lèvres : on dirait qu'elle a subi un rituel africain qui lui a étiré la chatte.

- Monsieur le Comte ! s'offusqua la journaliste, Mademoiselle Vergnes.

- Vous savez ce que c'est qu'une petite corde ? demanda le vieux à Arnaud sans s'occuper nullement de la remarque qu'on lui avait faite.

- Je sens que ce n'est pas ce à quoi je pense en priorité…

- Une petite corde c'est un dispositif médical en caoutchouc très épais pour retenir vos organes quand ils tombent. Ça vous évite de vous chier dessus parce qu'avec l'âge, même votre anus finit par pendre, alors il faut se mettre un caoutchouc au cul comme on met des pinces à vélo pour préserver ses pantalons, seulement là c'est votre dignité que vous préservez. Pensez-y quand dans la folle exubérance de votre jeunesse vous décidez de sortir des sentiers battus. Plus c'est étroit, plus la petite corde pend au bout du chemin.

Il n'y avait rien de spécial à rajouter. Arnaud et la journaliste, Mademoiselle Vergnes, se taisaient, chacun visualisant la petite corde selon les références de leur théâtre intérieur.

- Hé bien ma femme veut être aimée telle qu'elle est, continuait le vieux. Du coup elle refuse les caoutchoucs, ne s'épile plus depuis 1986, date à laquelle elle a aussi abandonné les concepts de déodorant et de parfum. De temps en temps la journaliste la frictionne à l'eau de Cologne et ça fait des vacances pour tout le monde parce qu'une petite vieille qui se néglige ce n'est pas la panacée. Mais bon je ne vais pas divorcer au bout de cinquante-cinq ans de mariage même si l'année dernière j'ai eu une crise de couple sévère : ma femme voulait partir avec le jardinier et me laisser avec les trois petits-enfants.

- Dur, compatit Arnaud.

- Vous voyez comme les femmes sont imprévisibles, lui dit alors le vieux. La mienne est moche, sale et méchante par-dessus le marché. Eh bien il y avait encore un couillon qui voulait me la piquer !

- Il n'est pas de vieille marmite qui ne trouve son couvercle, répondit sentencieusement Arnaud.

- Très fin, dit sèchement la journaliste, Mademoiselle Vergnes. C'est une citation de Schopenhauer ?

- Non, des Charlots, lui répondit Arnaud.

- Grossiers personnages, glapit la journaliste, Mademoiselle Vergnes.

- Ah !!! Mais pas de ça, soyez polie avec monsieur, mademoiselle.

Ils se turent tous les trois. La journaliste, Mademoiselle Vergnes, rompit la première le silence.

- Et si vous nous accompagniez monsieur ? Monsieur ?

-Arnaud Lagarde Defert, répondit sans chaleur Arnaud.

La journaliste, Mademoiselle Vergnes, éclata de rire.

- Comme Arnaud de Lag… ?

- Non, comme Arnaud Lagarde Defert.

- Ah votre nom me fait penser aux films de ma jeunesse ! Si tu ne viens pas à Largardère, Lagardère viendra à toi ! Comme c'est drôle, pouffa le Comte.

Mademoiselle Vergnes semblait ne pas comprendre l'allusion, ce qui était inquiétant pour un professeur de français. Elle s'adressa au vieux monsieur :

- Monsieur le Comte, nous devons aller à Bagatelle, c'est vital ! Posez cette boite de raviolis et allons-y.

Le Comte se tourna vers elle et lui dit :

- Nous allons emmener Arnaud avec nous. Il nous racontera pourquoi il a du mascara et du vernis bleu. Vous êtes d'accord Arnaud ? Je suis sûr que vous rêvez de rencontrer mon épouse.

- Il n'y a rien qui aurait pu me faire plus plaisir, répondit Arnaud.

Et c'est avec un soulagement certain qu'il réussit enfin à s'extirper de son linéaire de pates. Il avait bien un peu brisé toutes les lignes parfaites de spaghettis et écrasé quelques *farfalles* et *spatzles* mais dans l'ensemble le rayon n'était pas trop endommagé.

HOSSEGOR

Je vous aime.

Si vous ne m'aimez pas, ce n'est pas grave, je vous aimerai quand même.

C'est plus fort que moi, que vous, que tout le monde. Je vous aime et je ne le fais pas exprès. Il fallait que je vous l'écrive parce que ça commençait à me dévorer de l'intérieur. Avant de devenir fou ou complétement désespéré, je l'écris à l'envie car je n'en peux plus de le crier dans ma tête : je vous aime, même si cela ne doit nous mener nulle part. S'il vous plait, lisez toute ma lettre. Ne commencez pas par hausser les épaules et dire qu'on n'est pas sérieux quand on a dix-sept ans. D'abord, même si je sais que vous ne l'avez pas remarqué, sachez que je ne suis plus un petit garçon. Ensuite, puisque voici venue l'heure des grandes révélations, sachez que je suis en désaccord complet avec cette citation péremptoire écrite à la va-vite par un poète homo et ado que vous encensez et qui à moi, me parait être un vantard surfait, pas romantique et à mille lieux de ma problématique actuelle. Comment ce poète pourrait-il représenter notre génération ? A quinze ans, il adorait la marche, se lever tôt, lire, écrire à la plume d'oie !

Cela lui allait bien de dire qu'on n'est pas sérieux quand on a dix-sept ans, lui qui volait le mari d'une honnête femme pour l'abandonner en Belgique après avoir embobiné sa mère et expédié tous ses manuscrits en loucedé à Germain Nouveau qui s'est empressé d'en faire des confettis ! Rimbaud a beau être votre chouchou et vous ma prof adorée, je n'ai jamais accroché.

Des années-lumière séparent la psyché de ce type de mon cœur. Vous voyez que mon amour pour vous est sain : j'ai gardé mon esprit critique et je n'aime pas tout ce que vous aimez au prétexte que je suis amoureux de vous. Continuez de lire et ne dites pas que c'est brouillon.

De toute façon c'est votre faute.

C'est vous qui m'avez appris à bâtir des plans et l'argumentation n'était pas votre meilleur cours. J'ai eu cinq points de retard au bac de français parce que vous m'aviez dit que ce n'était pas la peine de le potasser et bien que je vous aime ENORMEMENT, c'est le pire conseil que vous m'avez donné jusqu'à présent parce que si je ne l'avais pas suivi, j'aurais à présent au moins cinq points d'avance et je ne serai pas stressé comme je le suis à l'idée que la mention peut m'échapper à cause de vous.

Je voulais donc préciser que, depuis que je vous connais, (rappelez-vous, c'était l'année de mes quinze ans, à Hossegor, vous portiez une robe crème et des souliers plats et vous m'attendiez devant la porte car j'étais en retard), je sais que, contrairement à Rimbaud, je suis à cent pour cent hétéro. Je pense à vous tous les jours et toutes les nuits et ce n'est jamais chaste. Voilà pour l'argument d'autorité.

Pardonnez-moi si je suis trop direct mais vous êtes devenu mon obsession, une vraie passion du Christ, j'ai le cœur douloureux comme transpercé d'épines quand je pense à vous. Quand vous me souriez, je monte, je monte et c'est le nirvana. Par contre quand vous m'engueulez comme l'autre jour parce que je n'ai pas fait ma dissertation, je descends, je descends, je descends.

Depuis que je vous connais mon cœur bat au rythme d'un ascenseur émotionnel qui me fait passer de l'euphorie aux larmes, de l'apathie à la frénésie. Vous êtes fatigante et c'est pourquoi j'envisage sérieusement de passer quelques jours chez ma grand-mère dans le Berry histoire de rassembler quelque peu mes molécules.

Je vous imagine déjà en train de barrer mes phrases avec votre stylo à bille rouge au prétexte que mon style n'est pas assez comme ci, pas assez comme ça. Ce n'est pas grave, continuez à lire, vous me corrigerez après.
Du moins, si seulement ...

Tout cela pour vous dire que cela fait deux ans que je vous aime.

Cette année, je me suis promis d'arrêter de fêter en solitaire les anniversaires de mon amour pour vous. Je suis devenu un homme, un vrai et je dois me comporter comme tel. Je sais que j'ai des devoirs, vous m'en donnez de temps à autre que j'oublie toujours de faire mais franchement, croyez-vous vraiment que j'ai la tête à ça et que j'aime la littérature ? Je vous regarde et je ne retiens rien de toute façon.

J'aurai tout le temps de lire quand je serai vieux et paralysé, j'emploierai une garde malade de vingt ans, non dix-neuf, et elle me lira des histoires mais bref passons.

Le fait est que j'ai aussi des envies et des besoins. Je ne pourrai pas longtemps me retenir, madame. Un jour, dans le meilleur des cas, je vais vous plaquer contre la porte de chez vous ou vous épingler sur le mur de ma maison et vous voler un baiser à l'arrache, sans même faire semblant d'un malentendu. Plus raisonnablement, je crois que j'ai déjà fait souffrir suffisamment de gens en tentant de vous oublier.

J'en suis à ma troisième histoire de substitution et c'est ainsi : mon cœur ne bat que pour vous. Si vous me permettez un aparté dans cette longue déclaration, sachez aussi que je suis totalement d'accord avec Paul Nizan : qu'on ne vienne pas me dire que dix-sept ans est le plus bel âge de la vie. J'ai dix-sept ans et je voudrai en avoir quarante. Bien sûr je m'occupe, je vais au lycée regarder les mouches au plafond, je fais du sport (je tape dans un ballon et je déchire mon maillot avec conviction), je vois des copains au club de lecture et nous parlons horticulture (non, je déconne), je vais dans des soirées, je fais des choses de mon âge comme m'ennuyer prodigieusement à Hossegor en attendant que ma mère dorme pour faire le mur, je picole du mauvais alcool, je fume des pétards, j'embrasse des filles de mon âge pour servir de modèle à mon petit cousin et je saisis toutes les occasions d'exercer ma libido même si côté expériences exotiques, notre ville ronronne encore plus doucement qu'un vieux chat asthmatique et paresseux.

Ce n'est pas à Hossegor que j'irai au bout de moi-même bien que je ne perde pas espoir étant donné que Rimbaud est quand même natif de Charleville-Mézières.

Mais tout ceci n'est qu'un jeu social destiné à rassurer mes parents et moi-même. Tant que je me conduis ainsi, inconstant, sans projet, insouciant, je suis peinard. Des fois quand ma mère s'inquiète parce que je parle trop de vous, je pleure et je dis que c'est parce qu'Apolline, dix-sept ans, la fille du boucher m'a encore plaqué.

Apolline est goudoue jusqu'au bout de ses poils et perdue pour la cause, mais bon, ma mère gobe tout, ça va du décollement de la plèvre à l'homme de Roswell, l'important c'est qu'elle ne va pas vous licencier tout de suite et ça me rassure. Il n'y a pas trop à se fouler, la cape d'invisibilité est facile à revêtir. La vérité, c'est que quand vous n'êtes pas là, je compte les jours et les heures et j'ai l'impression d'être un arbrisseau en train de faner au bord d'une clôture, vous savez le genre de thuya vert et maronnasse où les chiens pissent dessus.

Je pourrai aussi me comparer aux vaches qui ruminent en regardant passer les trains. Je me sens incomplet. Parfois, j'en deviens même calculateur. Ainsi ces derniers mois, à chaque fois que je fais l'amour à une fille, je me dis qu'ainsi j'aurai de l'expérience vis-à-vis de vous et que je pourrai balayer d'un haussement d'épaules votre argument prévisible et fallacieux comme quoi vous ne voulez pas être la première.

Je crois que vous me mentez. Toutes les femmes veulent être les premières et les uniques. Elles sont prêtes à s'humilier pour ça et il est si facile de tirer les ficelles mais encore une fois je m'égare, ce n'est pas l'objet de ma lettre.

Je vous rassure, si un jour j'arrive à faire l'amour avec vous, pour moi, à cet instant précis vous serez la première (ensuite je compte bien prendre ma revanche et je vous avertis par avance que je ne vous laisserai aucun répit). Mais *back to the reality*. En ce qui me concerne, si j'avais quarante ans, je n'aurais pas à vous écrire des déclarations aussi longues. Nous gagnerions vous et moi du temps, chose dont nous avons tous les deux besoin. Je vous le dis Mademoiselle Vergnes, nous avons tout pour nous : sauf du temps.

Si j'avais quarante ans, je me contenterais de vous draguer ouvertement sans avoir peur d'être rejeté ou pire, que vous racontiez tout à ma mère ou, que vous vous drapiez dans votre rôle de professeur offusqué. Je serai au-delà de considérations prosaïques et déprimantes comme : vous avez au moins vingt-cinq ans de plus que moi, vous êtes déjà en couple, ce n'est pas moral. Je pourrai vous raconter des tas de bêtises, vous feriez comme ma mère : vous goberiez tout. De plus, si j'avais quarante, cinquante, voire soixante ans, vous ne me traiteriez pas de fou non plus.

Mais je n'ai que dix-sept ans et je suis fou. De vous.

Je vous demanderai par conséquent de prendre en considération que la valeur n'attend point le nombre des années et qu'en vous écrivant je me livre à une transgression incroyable. Mon meilleur ami, à qui j'ai confié le projet de cette lettre, n'avait que le mot sexe à la bouche, mais que cela soit bien clair madame, même si je porte mon sexe à votre bouche, on ne sera jamais dans la chanson de Dalida *« Il venait d'avoir dix-huit ans »*.

Je déteste les gens qui disent après l'amour : *ce n'était pas si mal*, comme si c'était une évaluation après une enquête de satisfaction marketing. C'est pourquoi je ne veux pas non plus entendre votre contre-argument sur le désir versus l'amour. Moi, j'ai envie de vous ET je vous aime. Je ne sais pas si vous vous rendez compte combien vous me faites à la fois du bien et du mal. Je vous veux à deux mille pour cent. Je ne me rappelle plus de la vie d'avant, quand je ne vous aimais pas parce que je ne vous connaissais pas. Ça me tue, putain, de ne pas pouvoir vous toucher la main.

Je suis sûr qu'on ne vous a jamais fait une déclaration d'amour pareille. C'est pourquoi je vous interdis de me faire la morale ou d'évoquer mon âge. De toute façon c'est trop tard. Je suis éperdument amoureux de vous. Mon cœur est à vos pieds, vous pouvez faire semblant de ne pas le voir, vous n'y changerez rien. Certaines phrases, sans doute, sont maladroites. Mais je ne suis ni écrivain ni poète.

JE NE SUIS PAS ARTHUR RIMBAUD ET TANT MIEUX, ce pseudo-intello qui a complexé tout un tas de jeunes hommes qui rêveraient d'écrire de la poésie mais qui, à cause de ce type, sont condamnés à dessiner.

ET NON JE N'AI PAS FAIT LES DEVOIRS QUE VOUS M'AVEZ DONNES PARCE QUE JE NE SUIS PAS VOTRE SOUMIS ET QUE DE TOUTE FACON J'AI DÉJÀ DES POINTS DE RETARD AU BAC A CAUSE DE VOUS ALORS CA VA BIEN.

Je voulais vous le dire de manière diplomatique mais vu que vous faites toujours *chut chut* avec votre petit doigt mignon impossible d'en placer une. Chacun ses problèmes, moi les miens, vous les vôtres et le reste à l'avenant.

Si vous avez des commentaires, ne les mettez pas dans la marge mais venez me les objecter de vive voix. Je veux une correction personnalisée, en cours individuel.

Quant à la note, vous aviserez mais je crois bien mériter au-dessus de la moyenne.

Stanislas

Réponse de Mademoiselle Vergnes :

11/20

Bravo, cher Stanislas, poursuivez vos efforts ! Beaucoup de travail et des progrès mais des redites, un plan peu structuré et l'emploi de termes familiers inadéquats. Vous avez également commis quelques erreurs de culture littéraire : Paul Nizan a dit précisément *« Qu'on ne laisse jamais personne me dire que vingt ans est le plus bel âge de la vie »*.

Il était donc question des jeunes adultes et non de la post-adolescence. Il n'est pas conseillé de déformer les citations originales, cela vous coûtera des points à l'examen, donc évitez.

Je vous souhaite de bonnes vacances chez votre grand-mère. Pensez quand même à respirer profondément selon la technique d'ancrage que je vous ai apprise. C'est très bon pour le plexus solaire.

Et je n'ai pas vingt-cinq ans de plus que vous !!!

BAGATELLE

Arnaud avait beaucoup de mal à suivre le rythme du petit vieux qui gambadait en sautillant comme un cabri. Qui aurait pu penser que ce petit monsieur était si énergique ? Considérablement ralenti par son costume inhabituel qui faisait se retourner sur lui les passants, Arnaud devait presque courir pour le rattraper.

- Il pense à son chocolat chaud, précisa Mademoiselle Vergnes. Il est comme un papillon de nuit qui va vers la lumière. S'il pouvait se téléporter, il le ferait.

Arnaud regarda la journaliste. Il n'aurait su dire si elle était jolie ou pas. Parfois, elle lui semblait dotée d'un certain charme. A d'autres moments, elle lui apparaissait dure, massive, le visage carré, une vraie germanique. Elle n'aurait pas du tout dépareillé en tant que surveillante de dortoir dans un camp, se dit-il. Kapo à Colonia Dignidad ... Il ne savait pas pourquoi, il l'imaginait bien jouer les sadiques en forçant de délicates jeunes filles blondes, prisonnières politiques, à éplucher des quantités astronomiques de pommes de terre.

Il se représentait parfaitement ces pauvres créatures, toutes maigrichonnes et pâlottes, avec des poitrines rebondies malgré l'absence de soutien-gorge, et des tresses, assises sur des tabourets inconfortables, pleurant à chaudes larmes tandis qu'elle prendrait son pied à augmenter la cadence de la pluche. Cette vision lui fit décider que Mademoiselle Vergnes lui était antipathique. Il répondit par un grognement.

- Vous vous maquillez souvent ? lui demanda alors Mademoiselle Vergnes.

Alors là, c'était le bouquet ! Elle avait l'air de penser qu'il était un travelo professionnel, que ça l'amusait de se retrouver aussi loin de son canapé lit-cuisses de Chiara, déguisé en guignol avec du vernis bleu et une cape à étoiles.

- Je n'arrive pas à réaliser, répondit faiblement Arnaud.

- Réaliser quoi ? lui rétorqua alors le petit vieux en s'arrêtant brusquement.

- Mais tout cela ! Qu'est-ce que je fais ici ! Et dans cet accoutrement !

Imperturbable, le vieux répondit :

- Vous vouliez rencontrer ma femme. Je vais vous la présenter.

Arnaud était désespéré :

- Mais je m'en bats les reins de votre femme ! Qui ressemble à un orang-outang en plus !

Le vieux eut l'air étonné :

- Orang-outang ? Ah ? On ne l'avait jamais encore comparé à cet animal. J'aurai dit une hyène, une vipère mais un orang-outang ! C'est gentil un orang-outang. Et ma femme est tout, sauf gentille.

Arnaud crut qu'il allait se sentir mal.

- Tout ce que je souhaite actuellement c'est rentrer chez moi. Pour mettre des habits normaux et dormir.

- Vous vous habillez, vous, pour dormir ? lui demanda, d'un air sérieux, le vieux.

- Oui, répondit de façon impatiente Arnaud. Mettre des habits normaux et me démaquiller pour retrouver ma fiancée.

Le vieux semblait béat d'admiration.

- Vous avez une fiancée depuis tout à l'heure ? C'est la botoxée ou une autre que nous ne connaissons pas ? Petit cachottier !

Arnaud était exaspéré.

- Vous êtes un homme étrange, continuait le vieux. Vous vous vêtez pour retrouver une femme…

- On ne dit pas vous vous vêtez, l'interrompit Mademoiselle Vergnes.

Et se tournant vers Arnaud :

- Il est tout à fait naturel que vous ôtiez votre cape avant un rendez-vous avec une dame. C'est comme ôter son chapeau, monsieur le Comte dit parfois des bêtises grosses comme lui.

Arnaud se dit qu'il allait fausser compagnie à ces fous à la prochaine station de métro. Comme s'il lisait dans ses pensées, le vieux revint sur ses pas et lui agrippa le bras.

- Vous me semblez un peu faible. Appuyez-vous sur moi, lui dit-il. Et sa poigne aurait pu être interprétée comme un soutien mais aussi comme un harponnage sans appel.

- C'est encore loin Bagatelle ? demanda Arnaud à Mademoiselle Vergnes qui s'était également approchée de façon inquiétante de sa proxémie, de sorte qu'il avait à sa gauche le vieux Comte et à sa droite la massive professeure.

- Vous voyez le plan de métro, lui répondit Mademoiselle Vergnes. Nous sommes à Ecole Militaire, Rive gauche. Nous allons du côté de Neuilly. Il y en a pour une bonne heure de marche.

- Le plus simple serait de prendre la voiture, dit alors le petit vieux.

Arnaud préférait marcher.

- C'est beaucoup plus sympa d'y aller à pied, s'empressa-t-il d'intervenir.

Mademoiselle Vergnes et le vieux semblaient hésiter.

- La voiture serait plus rapide. Nous avons perdu beaucoup de temps à cause de vous au Ship Shop.

- A cause de moi ?

- Oui, répondirent en cœur les deux personnages qui l'encadraient. Vous vouliez rester avachi sur vos nouilles !

Arnaud se dit que si quelqu'un captait

des bribes de cette conversation, hors contexte…

- Marchons ! dit-il d'un air faussement enthousiaste.

- Non ! répondirent en chœur les deux autres.

- Mademoiselle Vergnes, nous allons au parking, enchaina le vieux.

- Oui, monsieur le Comte, répondit sans ciller Mademoiselle Vergnes.

Arnaud ne le sentait pas du tout.

- Il est où ce parking ?

- Là, dit le vieux en souriant et en lui montrant le trottoir

- Comment ça…

Deux secondes après les passants blasés ne se retournaient même plus sur un petit vieux et une grande demoiselle qui transportaient un homme assommé, habillé en princesse stellaire.

…………………………………………………..

- Continue de regarder !

L'ordre était impératif mais si incongru que Stanislas n'était vraiment pas sûr d'avoir bien entendu. Le bruit des vagues, le vent, tout cela l'avait peut-être fait confondre ou imaginer cette injonction.

Cependant, comme il faisait mine de lui tourner le dos, la voix d'Apolline se fit plus autoritaire :

- Mais putain continue de regarder, ça va me faire jouir !

Aucun doute n'était plus possible.

Apolline souhaitait que lui, Stanislas, la regarde se faire lécher par une grande fille rousse qu'elle avait ramené dans la chambre une demi-heure auparavant. Il soupira. Franchement, Apolline lui aurait tout fait !

Mais c'était son amie. Il pouvait bien lui rendre ce service malgré les grandes préoccupations qui se bousculaient dans sa tête. Après tout, un zéro en maths ne l'aurait pas empêché de regarder un porno.

Il prit son temps. Si cela devait être long, autant qu'il soit à son aise. Il tapota les deux oreillers afin de se caler confortablement dans le lit, arrangea le couvre-lit et une fois qu'il fut bien installé, il regarda attentivement la tête de la grande rousse qui bougeait sur le sexe d'Apolline, qu'il ne pouvait pas voir d'ailleurs, à cause de l'abondante chevelure de l'autre fille. Il avait envie de suggérer qu'elle s'attache les cheveux mais il trouvait plus sage de se taire.

Apolline semblait satisfaite de sa bonne volonté et s'abandonna davantage. Elle commença à pousser des petits cris qui eurent pour effet de lui procurer une érection.

- Non mais arrête de regarder sale pervers ! Apolline était furieuse. Ses joues étaient rouges de colère. Imperturbable, la grande rousse continuait son travail.

- Mais c'est toi qui m'as dit de regarder ! protesta Stanislas.

- Je ne t'ai pas dit de regarder en bas, je voulais dire regarde en haut ! Putain faut tout t'expliquer ! Stanislas était désorienté.

- Quoi ? Regarde en haut ? Je regarde le plafond ?

- Non tu me regardes ! Tu regardes ma figure ! Tu regardes mes yeux ! Ce n'est pas compliqué, non !

- Ok, ok, répondit rapidement Stanislas qui ne voulait pas se disputer avec sa meilleure amie.

- Vous les mecs vous comprenez rien si limite on vous fait pas un dessin !

- Ça va, ça va, soupira Stanislas, reprend où tu en étais.

- Ta gueule, riposta Apolline, tu me dis pas ce que je dois faire !

La grande rousse continuait de la lécher, toujours aussi calme et silencieuse. Stanislas se senti mollir. Il se dit avec dépit que cela risquait d'être encore long car Apolline ne semblait pas du tout concentrée. Malgré tout la jeune fille réussit à reprendre *« où elle en était »* et Stanislas retrouva son excitation.

Apolline se remit à haleter doucement, la tête renversée, totalement abandonnée sous la langue experte de sa partenaire mutique. Stanislas dut alors convenir que regarder le visage d'Apolline en train de prendre du plaisir était beaucoup plus excitant que de regarder des cheveux roux en forme d'étoile de mer bouger en cadence. Apolline semblait complétement heureuse d'être là, complétement détendue, cela lui faisait un très beau visage.

Certaines filles n'étaient pas belles en ce genre d'occasion. Bien qu'il n'ait pas souvent eu l'opportunité de se confier sur cette expérience, il lui était arrivé de regarder la figure de ses conquêtes. Souvent elles faisaient la grimace, louchaient (et le faisait loucher aussi du coup) ou leurs expressions lui donnaient envie de rire. Plus d'une fois il avait été secoué d'un fou rire inextinguible parce qu'une fille ravissante dix minutes plus tôt avait un œil qui disait merde à l'autre et semblait faire des grimaces rien que pour lui. Cet humour non partagé lui avait d'ailleurs valu trois ou quatre gifles bien senties mais c'était plus fort que lui, il aimait regarder les femmes au moment de l'orgasme.

Cela n'avait rien à voir avec les images des films pornos. C'était beaucoup plus drôle et on n'avait pas si souvent l'occasion de rigoler lorsqu'on préparait son bac dans une ville bourgeoise comme Hossegor, qui ne vivait que l'été. Contrairement aux autres, Apolline semblait si belle aux portes de l'extase. Il la compara, même si la comparaison lui parut instantanément *gnangnan*, à une rose qui s'épanouit sous le soleil. La séance durait. Stanislas se dit que c'était mort pour la soirée. Les lesbiennes pouvaient se faire jouir pendant des heures et comme on était dans la vraie vie, il ne pouvait pas utiliser de bouton avance rapide. Il la connaissait bien. Apolline ne voudrait plus du tout sortir après et s'endormirait en ronflant comme un gros bucheron. Elle serait même capable de s'endormir pendant que la fille continuait à s'occuper d'elle.

Et puis il y avait cette rousse dont la présence l'aurait de toute façon empêché de se confier !

Au sujet de cette nouvelle conquête d'Apolline, Stanislas espérait que cela finirait bientôt car cette nana lui donnait des complexes. On aurait dit un vibromasseur sur pattes, rien ne la déstabilisait. Elle avait tellement pris le contrôle du corps d'Apolline que désormais, s'il voulait voir son amie, il devait s'incruster jusque dans sa chambre à coucher.

Etant donné qu'à chaque fois Apolline et elles étaient en plein acte sexuel, les conversations étaient devenues fragmentaires et plutôt décousues. En plus, au lit, Apolline était du genre expansif et ne savait pas bien faire deux choses à la fois.

Il se sentit de plus en plus excité par les gémissements de son amie. C'est presqu'à son insu qu'il commença à se masturber, regardant toujours ses paupières closes, sa tête rejetée en arrière et sa peau qui prenait une teinte nacrée tandis que ses lèvres et ses joues devenaient de plus en plus vermeil. Son souffle court, ses gémissements, tout l'excitait.

Subitement elle ouvrit les yeux et le regarda. Pendant un court instant, il perçut la puissance érotique de son regard, quelque chose de perçant, brillant, indéfinissable. Puis cela se fana subitement. Pendant un court moment, qui lui parut une éternité, il senti un autre regard. Mort. Chevillé au sien, un regard étonnant auquel il ne comprenait rien davantage, qui semblait à la fois interrogateur et plein de défi.

- Ah non ! Non ! Non ! Arrête ! Arrête ça ! T'es vraiment un dégueulasse !

Furieux, Stanislas lui tourna le dos, s'enroula dans le couvre-lit et se mit un oreiller sur la tête. Il en avait marre ! Marre ! Si seulement il pouvait être tout seul ! Il en avait sa claque de cette journée.

Tout avait commencé vers trois heures de l'après-midi…

Il s'était isolé dans le grenier afin de réviser ses textes pour le bac de français. Depuis le départ précipité de Mademoiselle Vergnes pour Paris il travaillait seul, ayant refusé un remplaçant de peur que sa mère, qui l'observait beaucoup trop ces temps-ci, ne décide de la licencier. Le programme lui imposait de lire deux œuvres intégrales. Par malchance aucune ne trouvaient grâce à ses yeux.

Il avait le choix entre Choderlos de Laclos « *Les liaisons dangereuses* » : d'après Thibault, le littéraire de la classe, c'était le récit d'une vierge transformée en prostituée, qui se mettait à aimer follement le sexe et qui voulait le faire partout, tout le temps. Et « *Une saison en enfer* » d'Arthur Rimbaud, qui, d'après Mathias, le scientifique de la classe, racontait l'histoire d'un type qui prend toutes les drogues possibles et inimaginables, assoie des filles sur ses genoux pour leur cracher dessus, fugue et picole comme un trou. Sexe ou défonce ?

Stanislas opta pour Rimbaud, poète pour lequel contrairement aux gens de son âge, il avait développé une profonde antipathie. Il n'aimait pas les histoires de nymphomane, ça lui rappelait une fille qui lui avait brisé le cœur l'été dernier en couchant avec tous les surfeurs de la station.

Il était tellement peu motivé qu'il lui fallut relire les mêmes lignes à plusieurs reprises. Les mots dansaient devant ses yeux, il restait sans volonté aucune.

Il faisait preuve d'un hermétisme sans égal vis-à-vis de l'homme aux semelles de vent, pour lui le plus gros branleur du 19e siècle.

« Maintenant, je m'encrapule le plus possible. Pourquoi ? Je veux être poète, et je travaille à me rendre voyant : vous ne comprendrez pas du tout, et je ne saurais presque vous expliquer. Il s'agit d'arriver à l'inconnu par le dérèglement de tous les sens. Les souffrances sont énormes, mais il faut être fort, être né poète, et je me suis reconnu poète. Ce n'est pas du tout ma faute. C'est faux de dire : Je pense : on devrait dire : On me pense. − Pardon du jeu de mots. −Je est un autre. Tant pis pour le bois qui se trouve violon, et nargue aux inconscients, qui ergotent sur ce qu'ils ignorent tout à fait ! »

C'était pire que du chinois.

- *Horreur, Arar, Arthur, ô vallées, ô châteaux, horreur, hagard, Arthur…*marmonna-t-il d'énervement.

Il relu le texte. Cela commençait à l'énerver profondément, aussi prit-il une décision.

Il entreprit d'explorer la bibliothèque du grenier à moitié croulante, au cas où s'y cacherait quelque aide. Bingo ! Il y avait des vieux Lagarde et Michard. Stanislas prit celui du 19e siècle et tomba sur une page étonnante : après sa mort Rimbaud avait été enterré dans le caveau familial. Mais sa mère avait déterré ses restes, les avait bercés au bord de la tombe puis emballés dans des torchons.

- Famille de barges, conclu Stanislas en renfermant le livre d'un coup sec.

Il imaginait sa propre mère en train de le déterrer et de faire ça.

Heureusement c'était peu probable parce que sa mère ne savait pas se servir d'une pelle ou d'un quelconque autre outil. Puis sa mère était une femme rationnelle, elle était aussi nulle en poésie que lui. A plusieurs reprises elle avait essayé de l'aider pour son bac de français et toujours cela s'était terminé, sans logique aucune, par une discussion sur le prix des bégonias et l'augmentation de la taxe foncière.

- Je ne comprends pas qu'on vous fasse étudier des bêtises pareilles, s'était-elle même exaspérée devant le Bateau ivre. En plus, ce n'est utile en rien.

Stanislas ne put retenir un bâillement. On se faisait vieux dans ce grenier où gisaient également ses souvenirs d'enfance et ceux de François-Xavier, dit FX, son petit frère de quatorze ans. Il reconnut son nounours, son skate-board et son manuel de solfège malgré l'épaisse couche de poussière qui les recouvraient.

Il y avait de tout, des jouets, des livres, des vieux planisphères, des meubles oranges et marrons, des rouleaux de papier peint, même de la ferraille.

En tirant sur un fil de fer qui pendait du plafond, Stanislas ouvrit une trappe et une boîte lui tomba sur la tête, l'assommant presque. Voilà qui était beaucoup plus intéressant que la lettre au voyant d'Arthur Rimbaud !

A l'intérieur il y avait ses dents de lait (sa mère gardait le maximum de choses les concernant son frère et lui), des billes, des pièces de monnaie toutes noires, des trombones et un vieux briquet. Au fond de la boite, il y avait un paquet.

C'étaient des lettres reçues par sa mère quand elle était jeune ! Il en parcouru une très vite. Au début cela le fit sourire : un jeune homme remerciait chaleureusement sa mère de l'avoir pris en auto-stop. Elle avait fait ça, étant jeune ! Elle qui était si parano ! Pourtant la suite de la lettre ne lui plut pas. Le type lui rappelait avec force détails leurs ébats dans un champ et Stanislas préféra arrêter de lire. Il en prit une autre, adressée de Paris et faisant référence à une visite d'école militaire. Rien d'intéressant. Elle était signée du Comte de Vaudreuil. Une troisième le déconcerta. Toujours signée du Comte de Vaudreuil, elle ne contenait hormis la signature, aucune phrase, juste des étiquettes de boites de raviolis.

Il prit une quatrième lettre. Toujours le Comte de Vaudreuil. Toujours des étiquettes de boites de raviolis.

Une cinquième, une sixième…il en avait bien découvert une dizaine du même acabit, toutes signées du Comte de Vaudreuil, quand il finit par en trouver une autre qui cette fois-ci contenait un vrai texte, écrit à l'encre verte, d'une belle écriture penchée, élégante.

C'était un recto, même pas de verso. C'était bref et c'était horrible. C'était un bout de papier qui lui faisait l'effet d'un coup de couteau. C'était un papier bleu. Epais. Presque du carton.

On ne voyait presque plus les mots qui avaient palis et qui continuaient de pâlir. Sans doute pas autant que lui qui dût se raccrocher à l'armoire croulante pour ne pas tomber. Sous son poids, le meuble vacilla dans un grand fracas, générant un énorme nuage de poussière dont l'inspiration lui était peu recommandée car il souffrait d'un décollement sévère de la plèvre.

Cette lettre adressée à sa mère, parlait de lui, d'une école militaire, d'un dimanche de septembre, d'un pique-nique à minuit, d'une boite de ravioli…cela ne le faisait plus du tout sourire.

Il ne voyait plus rien, il suffoquait. Ses yeux embués de larmes rencontrèrent ceux de FX, accouru à cause du bruit.

- Mais qu'est-ce que tu branles ?

Stanislas ne put articuler un mot.

- Ta meuf te cherche partout, continuait FX. Elle a la délicatesse d'un joueur de rugby alors si tu ne veux pas la voir, dis-le lui car elle m'a fait une clé de bras juste parce que je lui ai dit que tu révisais !

Stanislas regarda son frère. Il n'avait jamais remarqué qu'FX avait un brillant à l'oreille, des traits beaucoup moins fins que lui et des yeux ronds alors que les siens étaient en amande.

- Ah ! Ah ! Ça te fait pleurer la poussière, continuait ce dernier.

Stanislas restait mutique.

- T'as l'air bizarre, lui dit FX. Stanislas tenait toujours son papier bleu à la main. Aucun son ne sortait de sa bouche.

- C'est quoi ça ? dit FX en s'avançant pour prendre le papier.

Stanislas eut un bon réflexe. Il cacha la lettre derrière son dos.

- C'est rien. C'est une lettre d'Apolline.

FX se mit à rire.

- Je la voyais pas utiliser du papier à part pour aller aux toilettes ! Pourquoi elle ne t'envoie pas de sms ?

- Parce que c'est plus romantique de s'envoyer des courriers, répondit Stanislas qui disait ce qui lui passait par la tête.

- Ah bon ? disait FX. Elle habite en face. Elle a qu'à t'envoyer un pigeon aussi pendant qu'elle y est !

- Oui c'est ça, rétorqua Stanislas, la prochaine fois je lui dirai : envoie-moi un pigeon ! Excellente idée, petit frère (et en disant cela il devait lutter contre une grosse boule dans la gorge).

- T'es vraiment bizarre, ne désarmait pas FX. J'ai quatorze ans mais je ne suis pas un crétin. C'est la lettre d'Apolline qui te bouleverse autant ? Elle a écrit quoi ? Parce que pour le moment elle est dans le jardin en train de donner des coups de pied dans la porte du garage en te traitant de sale pédé.

Stanislas voulait être seul.

- Tu sais ce n'est pas facile l'amour. Parfois cela rend malade.

FX le regarda de travers de l'air de dire *« c'est ça, prends-moi pour un con ».*

- Tu déconnes ?

- Pas du tout, ramait Stanislas. Tu sais, moi, quand je suis amoureux, je suis perturbé physiquement. Tu vois là par exemple j'ai envie de vomir.

FX semblait scandalisé.

- T'as envie de vomir quand tu es amoureux ?

- Absolument, répondit Stanislas qui se reprenait et qui se demandait comment faire pour se retrouver enfin seul.

Mais FX ne bougeait pas. FX semblait stupéfait.

FX, son petit frère, le regardait avec des yeux ronds comme des billes.

- T'es vraiment bizarre Stani. Moi quand je suis amoureux, j'ai une érection. C'est tout.

HOSSEGOR BIS

Stanislas ne l'avait pas vu, caché derrière la porte, guettant le moment où il allait bien finir par tirer sur cette fichue tige en fer. La boite lui était tombée sur la tête EXACTEMENT comme il l'avait prévu.

La réaction de Stanislas avait été également EXACTEMENT celle qu'il s'était imaginée. Abasourdi, bouleversé, chancelant, son grand frère titubait en tenant à la main le papier bleu que lui, FX, avait découvert des semaines plus tôt. Ce qu'il n'avait pas anticipé en revanche, c'est que Stani s'appuie sur l'armoire du grenier et la fasse s'écrouler. Ce grain de sable dans son plan presque trop parfait avait généré un envol de poussière et surtout, un vacarme assourdissant qui aurait pu faire accourir leur mère si celle-ci n'était pas au fin fond de la propriété, en train de se livrer à sa passion du tir, de se défouler contre leur abruti de père (du moins SON père), en visant des disques que son soupirant, le notaire Grandet, lançait en criant : « *Pool* » au lieu de « *Pull* ». On entendait, au loin, le bruit des disques éclatés en plein vol.

FX resta immobile quelques instants devant la vision de Stanislas qui se tenait aux murs, les yeux embués de larmes. Puis il recula de quelques marches et entra dans la pièce à la façon de quelqu'un que le bruit a alerté.

- Mais qu'est-ce que tu branles ? Stanislas était visiblement secoué.

- Ta meuf te cherche partout, enchaina FX histoire de rajouter à la confusion de son grand frère. Elle a la délicatesse d'un joueur de rugby alors si tu ne veux pas la voir dis-le lui car elle m'a fait une clé de bras juste parce que je lui ai dit que tu révisais !

Stanislas le regarda comme s'il défaillait. Il vit clairement que son frère s'attardait sur son brillant d'oreille et sur ses yeux. Intérieurement FX pensait : *« il cherche s'il me ressemble ou pas, en quoi nous sommes différents physiquement »*.

- Ah ! Ah ! Ça te fait pleurer la poussière, dit-il pour ne lui laisser aucun temps mort.

Stanislas restait mutique.

- T'as l'air tout bizarre, renchérit FX.

Stanislas tenait toujours son papier bleu à la main. Aucun son ne sortait de sa bouche.

- C'est quoi ça ? dit FX qui ne voulait décidément pas ménager son frère.

Stanislas eut un mouvement de panique. Il cacha la lettre derrière son dos.

- C'est rien. C'est une lettre d'Apolline.

FX se mit à rire nerveusement. Stani n'allait quand même pas s'en sortir comme ça ! Il avait espéré une toute autre réaction : des confidences, un apitoiement…Pas du tout cette dissimulation.

- Je la voyais pas utiliser du papier à part pour aller aux toilettes ! Pourquoi elle ne t'envoie pas de sms ?

- Parce que c'est plus romantique de s'envoyer des courriers, répondit Stanislas qui disait visiblement des bêtises.

- Ah bon ? reprit FX. Elle habite en face. Elle a qu'à t'envoyer un pigeon aussi pendant qu'elle y est !

- Oui c'est ça, rétorqua Stanislas, la prochaine fois je lui dirai : envoie-moi un pigeon !

Excellente idée, petit frère (et tandis qu'il prononçait cette dernière phrase, FX vit clairement que Stani avait du mal à déglutir).

- T'es vraiment bizarre, lança alors FX. J'ai quatorze ans mais je ne suis pas un crétin. C'est la lettre d'Apolline qui te bouleverse autant ? Elle a écrit quoi ? Parce que pour le moment elle est dans le jardin en train de donner des coups de pied dans la porte du garage en te traitant de sale pédé.

Stanislas eut un mouvement de main comme s'il chassait un moucheron. Il n'en avait rien à faire d'Apolline. Ce n'était pas sa préoccupation principale.

Si FX avait eu des doutes au sujet de la soi-disant romance entre son frère et la bouchère lesbienne d'Hossegor, ses doutes se seraient dissipés à cet instant. Mais, depuis longtemps, FX savait.

Il avait deviné que Stani et Apolline formait un couple de pacotille où chacun des deux y trouvait leur compte. Il n'y avait que leur mère pour croire à cette romance de la carpe et du moineau, à la fusion de l'eau et de l'huile, à l'union du camionneur et de l'artiste. FX se demandait même si son frère n'était pas homosexuel voire bi.

- Tu sais ce n'est pas facile l'amour. Parfois cela rend malade.

FX le regarda de travers *« c'est ça, prends-moi pour un con »*.

- Tu déconnes ?

- Pas du tout, ramait Stanislas. Tu sais, moi, quand je suis amoureux, je suis perturbé physiquement. Tu vois là par exemple j'ai envie de vomir.

FX avait envie de rire. Stani n'assurait pas du tout.

- T'as envie de vomir quand tu es amoureux ?

- Absolument, répondit Stanislas qui essayait tant bien que mal de se donner une contenance.

Mais FX ne bougerait pas. FX attendrait. Il était désappointé par l'attitude de Stanislas. Même si après tout c'était prévisible, Stani était un fichu romantique !   Il avait écrit une lettre d'amour à sa prof de français et pire que tout, il l'avait envoyé !

Lui, FX, quand il avait découvert que leur mère avait trompé leur père avec un vieux

Comte débile qui encensait les boites de raviolis, lui, FX, avait senti la colère le submerger.

Il s'était senti statue du Commandeur précipitant Don Juan aux enfers. Aucune pitié pour cette … femme.

Mais Stani était capable de déprimer, de se retirer dans sa chambre pour ruminer, de ne rien dire. Quand il était blessé, FX devenait cassant et piquait. Stani, lui, se renfermait comme une huître.

Pourtant qu'importe ! Stani n'était plus son frère. Stani était son demi-frère. Normal qu'ils soient différents.

- T'es vraiment bizarre Stani. Moi quand je suis amoureux j'ai une érection. C'est tout.

Stanislas ne répondit rien. Il mit le papier bleu dans la poche arrière de son jean, ramassa le vieux Lagarde et Michard dédié au 19e siècle, finit par se moucher dans ses doigts et sorti du grenier.

FX resta tout seul dans la pièce. Au loin on entendait le bruit des coups de fusil et des coups de pied que donnait Apolline dans la porte du garage.

Cette fille était vraiment vulgaire. FX était vraiment mécontent de la tournure des événements.

Il redescendit jusqu'à la cuisine où il croisa le jardinier, Lucien.

- Qu'est-ce qu'elle a à hurler comme ça la

petite ? lui demanda le vieil homme.

FX haussa les épaules.

- Aucune idée. Si elle ne se calme pas, appelle la police.

Quelques heures plus tard …

Bienvenue à Hossegor. Sa forêt, son golf et ses spots de surf. La plage, en octobre, était déserte dès trois heures de l'après-midi.

FX aimait s'y promener, tout seul et déchaussé, le long de l'eau glacée, en regardant les rouleaux et les vagues d'écume.

Jamais, se disait-il, je ne vivrai loin de la mer. Il finissait toujours sa promenade par la grande fresque colorée et pleine d'animaux peinte par Leona Rose, hommage à la mer, au vent, aux poissons, aux algues et au surf.

C'était l'un de ses rituels. Tous les jours, quelle que soit la météo, il faisait le même itinéraire jusqu'à cette peinture.

Cela faisait maintenant deux ans qu'il se tenait à cette discipline et il n'en était pas peu fier. Pour lui ces habitudes faisaient partie de sa future fonction car il avait décidé très tôt qu'il deviendrait, dès que possible, le prochain maire d'Hossegor.

Il lui fallait bien débuter par quelque chose. Il se disait que s'il passait tous les jours, de préférence à la même heure, les gens se souviendraient de lui. Sans compter que, d'après FX, un notable se DEVAIT d'avoir une routine.

Pour lui ce genre d'attitude était la plus apte à marquer les esprits. Il avait découvert les pèlerinages de Mitterrand à la roche de Solutré par hasard à la télévision et cela l'avait conforté dans cette idée. Mitterrand !

Un grand homme ! Un Charentais qui avait bâti plein de monuments à Paris ! Un modèle étonnant pour un ado de quatorze ans mais FX n'était pas un adolescent comme les autres.

En passant devant le Sporting Casino, déserté lui aussi, il se fit la réflexion que s'il était un jour élu Président de la République, il ferait certainement construire un grand terrain de pelote basque devant l'Hôtel de Ville de Paris. Cette idée l'enchanta et il pressa le pas. Hossegor puis Paris. La soif d'ambition d'FX était sans limite. Etait-ce parce qu'il était le cadet ? Parce que sa mère n'avait d'yeux que pour son frère Stanislas ?

FX se sentait appelé à un destin extraordinaire. Ce qu'un Charentais avait fait, un Basque pouvait le refaire. En mieux, évidemment. De toute façon tous les grands hommes venaient du Sud. FX était un homme de quarante-cinq ans dans le corps d'un adolescent de quatorze.

Il aimait les Barbapapas, surtout Bababidule, parce qu'ils avaient été inventés par Annette Tison dont le père avait participé à la construction de la station.

Il était incollable sur l'histoire de sa ville et

surtout de ses habitants. Il savait qui faisait, pensait et voulait quoi. Information égal pouvoir, s'était-il dit un jour, sans qu'il se souvienne vraiment des circonstances qui l'avaient conduit à cette « révélation ». Depuis, il collectait et utilisait patiemment toute information susceptible de servir ses plans. Il aurait pu travailler chez un notaire tellement il pouvait avec précision détailler le patrimoine de chacun, rien qu'en recoupant les informations dont il disposait et qui venait à lui, comme par enchantement. Il avait croisé à plusieurs reprises A. J. qui lui adressait toujours des petits signes de tête et on pouvait dire qu'FX, à son âge, avait un sacré réseau. Les gens qui fréquentaient ce drôle de petit bonhomme - il était invité aux diners, goûters et réceptions en tout genre à un point qu'il devait souvent décliner- en parlait avec bienveillance.

Dans ses relations régulières, il y avait l'ancien ministre mais aussi pas mal de conseillers municipaux et même O. M., ancien joueur de rugby, entraineur et consultant pour la télévision.

Pour ses treize ans, FX avait eu l'immense joie (il avait feint la surprise mais trouvait cela complétement normal) d'être convié à la table du maire et de recevoir un cadeau, qu'il n'avait même pas déballé tellement il était blasé, en remerciement pour son dévouement au rayonnement de la commune. Pourtant il faisait peu de choses concrètes.

- Moins tu donnes, plus tu reçois, avait-il un jour asséné à son grand frère.

Quel étrange pouvoir avait donc FX ? Celui sans doute d'avoir compris que les gens se jettent à la tête de ceux qui restent froids comme du marbre. En fait, ce gosse était la réincarnation de Machiavel.

Ce jour-là, FX était pourtant très insatisfait. Il venait encore de se faire jeter par Lola. Tout n'allait pas pour le mieux dans sa vie sentimentale.

Heureux en affaires, malheureux en amour…Il avait compris très tôt qu'il aurait beaucoup de mal à trouver une femme à sa hauteur. Les filles de quatorze ans écoutaient du Justin Bieber et passaient leurs journées sur Snap. Les femmes lui passaient la main dans les cheveux pour le recoiffer ou pour le caresser comme un petit chien.

La semaine dernière, FX avait à nouveau invité Lola, son binôme de biologie, au cinéma. Elle avait dit non. Elle avait un an d'avance, elle avait douze ans, elle n'aimait pas les vieux. Ou plutôt, elle n'aimait pas FX.

Depuis quelques semaines, il était aussi la proie d'une acharnée : la « dame du lac ». Cette femme passait, en auto, sur les bords du lac d'Hossegor où il aimait aussi se montrer.

Elle lui compliquait beaucoup ses journées. Elle trouvait toujours un prétexte pour garder le contact. Il devait sans cesse s'inventer de nouveaux itinéraires pour ne pas la rencontrer. Et si, par malchance, elle le débusquait quand même, il mettait un point d'honneur à être très froid, presque impatient quand elle lui adressait la parole. Il la croisait dans un nombre effarant d'événements mondains. Elle venait systématiquement lui parler même s'il ne répondait que par onomatopées.

Au lac, elle arrêtait sa voiture, se garait n'importe comment et lui lançait des « *Alors mon petit FX, comment ça va aujourd'hui ?* » Ou bien : « *Pardon ? Je n'ai rien entendu* ». La dame du lac disait en parlant de FX : « *je ne sais pas ce que j'ai fait à ce gamin mais il me tire toujours la gueule. Dommage, car il est mignon quand il ne fronce pas les sourcils. Je me demande ce qu'il veut.* ».

Oui, que voulait FX au juste ? Trois fois rien. Conquérir la ville, une copine de son âge. Pour commencer.

Il ne ressemblait pas à Stanislas, son grand frère artiste et romantique qui n'avait que Mademoiselle Vergnes à la bouche. Au sujet des sentiments que Stanislas portait à Mademoiselle Vergnes, FX trouvait cela infect, contre-nature et répugnant. Son opinion était que Stanislas devait souffrir d'un complexe d'Œdipe carabiné, dû au manque total de féminité de leur mère. En tout cas, depuis qu'il avait découvert l'attachement tordu de Stani pour la prof de français, il l'avait à l'œil.

Un jour il chipa dans la corbeille de son frère un bout de papier sur lequel était écrit « je vous aime ». Curieux, FX avait vidé la poubelle de bureau de Stanislas jusqu'à reconstituer toute la lettre à la façon d'un puzzle. Comment avait-il découvert la boite à secret du grenier ? Oh ! Très facilement. Il…

- Il est certain, disait Mademoiselle Vergnes au Comte, tandis qu'elle conduisait, que j'ai beaucoup d'affection pour Stanislas. Il est vif, sensible et très intelligent.

Le petit vieux hocha la tête. Il ne disait rien. Dans le coffre, plié en trois, Arnaud écoutait la conversation ou plutôt le monologue de Mademoiselle Vergnes.

- Je dois vous confesser que je ne me suis pas très bien conduite avec lui, continuait mademoiselle Vergnes. J'ai même eu un comportement très ambigu avec lui un jour que je l'avais invité à déjeuner…

- Vraiment ? la coupa le Comte qui sortait de sa torpeur.

- Hélas, soupira Mademoiselle Vergnes. Il faut que je me confesse…

- Je suis tout ouïe, ma chère.

Arnaud entendit déglutir Mademoiselle

Vergnes.

Il était évident qu'elle ne savait pas comment commencer.

Après quelques instants de silence, à peine troublé par le bruit des cahots de la voiture (elle conduisait très mal) elle reprit :
- A l'époque je me demandais pourquoi il était si étrange de donner des cours de français à Stanislas. Nous nous connaissions depuis peu mais très vite l'envie d'avoir une relation différente que celle d'élève à professeur s'était présentée à nous, d'autant plus qu'à chaque fois que je voyais Stanislas je n'aurai pu affirmer, de prime abord, que nous abattions un travail considérable, structuré ou très productif. Il me regardait avec des yeux plus ou moins brillants selon qu'il avait fumé un pétard ou tentait de me signifier son intérêt pour moi.
- Il fume beaucoup ce petit ? demanda le Comte.
- Comme tous les jeunes. Rien d'exceptionnel même si je le soupçonne de tester de nombreuses drogues. Il faut dire que dans cette maison les enfants sont livrés à eux-mêmes. Leur mère est davantage passionnée par le tir à la carabine que par l'éducation de ses garçons.

- J'ai entendu dire que leur mère était devenue un as du tir, l'interrompit le Comte.

- En effet, confirma sèchement Mademoiselle Vergnes. Mais je reprends mon récit…A l'opposé, vu de l'extérieur, et bien que nous puissions nous protéger sous le paravent de nos attributs respectifs (lui un jeune en échec scolaire, moi une journaliste impécunieuse qui bouclait ses fins de mois en donnant des cours particuliers) il faut bien avouer que ce que nous nommions séances de travail n'étaient rien d'autre que des réunions en mode joyeux foutoirs, des défouloirs incohérents et souvent puérils où Stanislas et moi nous racontions nos vies, étalions nos cultures, confessant avec légèreté nos débauches, ce que je regrettais toujours après coup car Stanislas ayant une excellente mémoire pour tout ce qui n'était pas littérature, il était évident qu'il se rappellerait toujours de la première version brute et non enjolivée du récit de mes turpitudes.

- Il ne faut pas raconter aux jeunes ce genre de choses, il faut leur laisser croire qu'ils sont les seuls rebelles, dit en riant le Comte. J'espère que vous ne lui avez pas raconté votre jeunesse gothique à l'ombre de l'Ecole Militaire.

- Non ! Je lui ai juste parlé de mes années à la Sainte Chapelle où j'ai fait mon service militaire pendant un an en tant qu'objecteur de conscience. Pour brosser un tableau objectif de la situation il est bon aussi de rappeler que Stanislas a vingt-deux ans de moins que moi, soit une distance symbolique nommé PI dans le YI KING et je veux dire par là qu'il aurait très bien pu être mon fils même s'il ne l'était objectivement pas…

Le Comte haussa les épaules.

- Vous ne pouvez pas avoir d'enfants, voyons ! Tout cela c'est de la digression, du remplissage…

Mademoiselle Vergnes n'était pas d'accord.

- Cette indication temporelle a son importance pour la suite car, quoiqu'en dise les esprits éclairés de notre époque, la différence d'âge n'est considérée comme négligeable que lorsqu'elle est assumée par un homme. En tant que femme, il existe toujours la peur et la pression d'être connotée cougar, avec son corollaire de petits sourires en coins et de ricanements entendus, et je ne vous parle même pas du concept de tabou, d'inceste, de la suspicion de pédophilie, de toutes ces joyeusetés conceptuelles qui viennent danser la polka dans votre tête quand, en tant que femme plus âgée, vous trouvez un jeune homme beau…Le Comte ricana. Mademoiselle Vergnes continuait :

- Dalida et sa scie musicale *"Il venait d'avoir dix-huit ans"* ont traumatisé ma génération de quadras. Souvent, avant le cours, quand Stanislas me demandait si je voulais un café serré ou allongé, je l'imaginais me faisant voir le ciel à l'envers puis se relevant en me lançant cette réplique immonde : *"C'était pas si mal !"* Et juste après, une sorte de sirtaki en mode *easy listening* avec écho et réverbérations me rappelait le dernier vers de cette musique populaire : *"J'avais deux fois 18 ans"*...

\- Votre histoire manque clairement d'érotisme, bailla le Comte.

Elle poursuivit :

\- A chaque fois c'était le drame car j'avais deux fois plus un quart dix-huit ans. Tout cela pour vous assurer que j'étais parfaitement consciente de mes limites, ce jour de mars où j'ai parlé de mes penchants sexuels dynamiques avec Stanislas que j'avais de surcroit, invité à déjeuner (en toute logique, étant donné que nous devions produire un exposé mais ni lui ni moi n'étions dupes de ce prétexte).

\- Vos notes de frais servent à inviter votre élève au restaurant, c'est joli, rebondit le Comte sur un ton ironique.

Mademoiselle Vergnes se racla la gorge deux fois.

\- Mais étions-nous vraiment fautifs ? Peut-on lutter contre une attirance réciproque ? A dix-sept ans on a toujours faim et Stanislas étant extrêmement poli, il n'aurait jamais eu le cœur de refuser mon invitation. De plus, comme chacun le sait, rédiger un exposé sur

Arthur Rimbaud réclame beaucoup d'énergie…

- Et c'est impensable sans restaurant, alcool et interminables cafés, intervint le Comte. Je ne comprends cependant rien à votre charabia.

- Pour faire bref, notre rendez-vous de travail comportait quelques légères incohérences et ambiguïtés dont je pris subitement conscience devant les boites de test d'ovulation sur lesquelles je m'efforçais de focaliser mon attention afin ne pas étudier le rayonnage des préservatifs qui se trouvait juste en dessous.

- Vous draguiez votre élève au restaurant ou dans une pharmacie devant des boites de test d'ovulation et de préservatifs ? l'interrompit d'un air concerné le Comte. Véra, Véra, Véra…comme c'est vilain. Je me demande si je veux en entendre davantage. L'Education Nationale n'est plus ce qu'elle était.

- Il le faut, cependant Monsieur le Comte, car sinon vous ne comprendrez pas le tourment de mon âme.

- Qui a dit que j'avais envie d'entendre cela et de vous absoudre ? Je pressens que dans cinq minutes vous allez me raconter comment vous avez fait l'amour au téléphone avec Stanislas…

- Mais pas du tout ! protesta Mademoiselle Vergnes. Ecoutez donc ! Cet après-midi de mars, sans crier gare, notre tendance à travailler hors cadre franchit cependant une nouvelle étape, même si elle n'atteignit pas l'acmé, le climax espéré, refusé, redouté ou refoulé (nous ne le saurons jamais) qu'elle aurait pu atteindre…

- Toujours votre sens du drame, dit le Comte.
- Nous avions déjà épuisé les sujets d'ordre scolaire et le vernis des convenances qui justifiait que je sois encore attablée avec Stanislas devant un énième café deux heures et demie plus tard, avait tellement séché qu'un œil attentif en aurait décelé les grandes craquelures. Il était temps encore de dire au revoir à Stanislas, de se souhaiter un bon après-midi, un bon weekend et à la revoyure, à une prochaine !!!

Les apparences, l'honneur, la morale, la société, nous aurions alors tout sauvé dans un élan altruiste et raisonnable. Seulement…Je l'ai invité à prendre un dernier café en terrasse.

A ce moment précis, Mademoiselle Vergnes dut rouler sur un chat, un chien ou renverser un piéton car Arnaud ressentit un freinage excessif, assorti de cris stridents et de jurons.

Il en profita pour donner de grands coups de poing dans le coffre. On entendit encore des bruits étranges puis une accélération. De toute évidence, quoi qu'elle ait percuté, Mademoiselle Vergnes ne s'était pas arrêtée.

Arnaud se demandait ce qui se passait. Il était furieux d'être réduit à un rôle si insignifiant, si passif, d'être l'otage de ces deux personnages incroyables.

A sa grande stupéfaction, le récit de mademoiselle Vergnes reprit :

- Le froid s'étant invité à notre table en extérieur, Stanislas commençant à claquer des dents et ayant fumé environ quatre cigarettes (je les avais comptées mentalement) il eut la première des réactions sensées de cet après-midi et m'annonça qu'il allait rentrer pour réviser.

A partir de cet instant, je précise que Stanislas sera le seul à adopter un comportement sensé, prouvant ainsi que la valeur n'attends pas le nombre des années et que c'est sans doute en vieillissant que nous choisissons d'emprunter des pentes dangereuses...

- Pff, souffla le Comte. Vous commencez à m'ennuyer...

- Très bien, répliquais-je immédiatement. Marchons ! Et nous voilà parti dans les rues d'Hossegor pour une promenade de plus d'une heure au cours de laquelle, à chaque fois que je faisais un pas Stanislas en faisait dix, et où je le voyais flottant légèrement devant moi sur les trottoirs, de dos, ce qui me fit instantanément songer à Rimbaud, l'homme aux semelles de vent.

- Ma chère Véra, vous vous prenez pour Queneau et sa Sainte Chapelle, ce joyau de l'art gothique ? Je trouve votre histoire fort mal écrite, impudique, indiscrète et…

- Pour vous donner une idée encore plus nette de la situation, il était constamment devant moi et je contemplais son corps gracieux, fin et aérien à la façon d'un vieux grigou qui suit une jeune fille. Je n'aimais pas du tout notre différence de rythme et ce besoin que j'avais de le suivre encore et toujours alors que nous croisions régulièrement des autos, des arrêts de bus et même des gares qui auraient pu m'emporter loin de Stanislas.

- Vous aviez envie de coucher avec lui et lui, il vous baladait quoi ! ricana le petit vieux.

Mademoiselle Vergnes ne réagit pas. Elle était dans sa logique.

- Je ne sais pas par quel mécanisme tendancieux j'avais fait croire à Stanislas que j'étais peu habituée à autant marcher, faisant mine de découvrir les rues et quartiers d'Hossegor alors que je les visitais régulièrement et ce, bien avant qu'il soit né. J'avais sans doute en tête de le valoriser afin de ne pas l'écraser de ma supériorité et de lui transmettre un message comme : *écoute, j'en ai déroulé du câble et je sais très bien où on est, d'ailleurs je connais un raccourci et sache que moi aussi j'adore marcher dans Hossegor surtout quand je suis triste ou en pleine réflexion ou tout simplement parce que c'est une belle ville.*

- Vous auriez dû lui dire la vérité !

- Au lieu de cela je jouais mon rôle de femme conventionnelle accro à son transport public, trainant ses talons de douze qui rendaient incertaine sa démarche, heureusement équilibrée par deux sacs plein de livres, et je sentis très vite que c'était une erreur. J'aurai dû être moi-même afin de renforcer la complicité que j'avais avec Stanislas mais c'est comme si je m'acharnais à créer de la distance entre nous car je sentais confusément que cette sympathie naissante allait me faire faire une bêtise.

- Qu'avez-vous fait ? demanda de façon impatiente le Comte.

- Pleine d'hypocrisie, je m'extasiais sur des artères, des bâtiments que je faisais mine de découvrir, j'alimentais notre conversation, lui racontait quelques anecdotes tandis qu'en arrière-plan, à la façon d'une tâche informatique secondaire, je me remémorai sans le vouloir *Les amants du siècle*, l'improbable couple formé par George Sand et Alfred de Musset alors que ces petits joueurs n'avaient que sept ans d'écart. J'avais envie de coucher avec lui, je ne m'expliquai pas ce désir ni pourquoi je n'osais pas.

Le Comte éclata subitement de rire.

- Je devine instantanément qu'il ne se passera rien. Vous allez chacun rentrer chez vous. Lui sera bien embêté. Je n'ai jamais rencontré de godiche comme vous Véra…

- Tandis que Stanislas passait au feu rouge, je me rappelais que George Sand avait dû pour sept petites malheureuses années d'écart, demander la permission de la mère de Musset pour emmener son fils en Italie. Et encore avait-elle promis de se comporter en mère, ce que je trouve le comble de l'hypocrisie à moins de concevoir la maternité comme incestueuse car nul n'ignorait la nature des liens entre George et Alfred…

- Ne me faites pas un cours de français, s'il vous plait, dit avec ennui le Comte.

- Stanislas et moi, on jouait dans la cour des grands : notre différence d'âge était plus grande, plus grande même que celle de Macron et sa femme, un couple dont j'envie le courage. Vingt-deux ans. Mais vingt-deux ans, merde. Deux générations d'écart. Un digital natif alors que je peine à rentrer un nouveau numéro de téléphone dans le répertoire de mon téléphone mobile.

Le Comte baillait. Mademoiselle Vergnes, emportée par son récit, grilla deux feux rouges.

- Ce chiffre est un nombre premier. Les nombres premiers sont seuls. Ce sont les sentinelles du destin. Vingt-deux ans.

J'ai repensé à Mort à Venise, à la façon dont le compositeur suit le jeune adolescent dont il est tombé amoureux.

- Aïe ! Le cinéma maintenant !

- Stanislas était pourtant bien éloigné du personnage de Tadzio.

Il n'avait pas les cheveux blonds, les cheveux longs, la nonchalance aristocratique du jeune héros de Visconti...

- Encore !!!! C'est parce que vous êtes frustrée sexuellement que vous construisez des phrases pleines de poncifs comme homme aux semelles de vent, jeune héros de Visconti ? Vous êtes une paresseuse Véra. Vous pourriez prononcer des phrases autrement mieux tournées. Je croyais que vous saviez écrire, mais là...

- Par contre moi j'étais malheureuse, insatisfaite et triste ! hurla Mademoiselle Vergnes. Honteuse de ma pulsion, troublée par ce jeune homme, perturbée par le flot incessant de sensations qui envahissaient mon corps. J'étais dans un état psychologique étrange, flottante, perdue entre les lignes, les sphères et les repères, suivant Stanislas comme un point se balançant à l'horizon (oui je sais !), une étoile du berger (et alors ?). J'étais incapable d'anticiper la séparation, de laisser Stanislas vaquer à ses occupations. J'étais bien en sa présence et je le suivais, vieille fausse célibataire en demande, ce qui objectivement n'est pas très attractif.

- Est-ce que ce sera encore long avant que vous n'arriviez au fait, Véra ?

- Nous approchions de plus en plus de la maison de Stanislas.

Ma seule envie était de le plaquer contre le mur et de le baiser sauvagement, sans réfléchir. Sans lui laisser le temps de réfléchir. Et en même temps je repoussais cet assouvissement du désir. Je tentais de le dévoyer de son travail en lui proposant un cinéma mais il refusa. Devant nous les rues d'Hossegor s'effaçaient. C'était bientôt le vert, la campagne, même l'odeur des embruns était derrière nous. Hossegor m'apparaissait de plus en plus comme quelque chose de graphique, en noir et blanc. Je sentais que quelque chose clochait.

- Et Stanislas, qu'est-ce qu'il faisait pendant tout ce temps ?

- Stanislas se retourna alors et me jeta un regard en biais car nous approchons de chez lui. Son regard n'atteint mes yeux qu'un bref instant comme s'ils m'interrogeaient : je vais vraiment continuer à le suivre, l'accompagner, aller chez lui ? Et après ? Et après ? Suis-je bien consciente de ce que je suis en train de faire ? Je pourrai être sa mère et je ne le suis pas. J'ai juste envie de le renverser sous moi.

Ma mère et mon frère sont sortis, me dit-il. Mon père est à son cabinet. Vous voulez un café ?

- Je ne sais plus combien de cafés vous avez dû ingurgiter Véra, dit avec amusement le Comte.

- Il ne faisait pas particulièrement beau mais l'itinéraire emprunté par Stanislas pour rentrer chez lui était quand même agréable car il me permit de repasser devant mon ancien logement, du temps où j'étais petite, et, fait amusant, nous découvrîmes que nous nous étions sans doute croisés sans nous voir quelques années auparavant.

Notre balade dans Hossegor et l'étrangeté de l'après-midi de ce vendredi reste cependant un très beau souvenir ambigu…

- Quelle ambiguïté ? gloussa le Comte. Vous tentez de séduire hyper maladroitement un jeune homme qui ne vous avait rien demandé. Or ce jeune homme est mon fils Véra. Je vous l'avais confié pour avoir un œil sur lui et non pour lui tailler des pipes ! La situation me parait claire. Vous étiez parti à la chasse, vous étiez un prédateur…

- Monsieur le Comte ! Je dis ambiguïté car avant même de céder à une pulsion que je ne m'explique même pas, il était déjà surprenant de ma part de ne pas réussir à dire au revoir et de continuer à le suivre dans les rues d'Hossegor. Je n'avais aucune raison d'être là si ce n'est une intuition que peut-être...

Arnaud entendit le bruit d'un briquet. Le Comte avait allumé une cigarette pour Véra qui fumait tout en continuant sa confession.

- Je n'avais ensuite aucune justification pour être dans sa chambre, sous sa mezzanine, sur son canapé. Il n'y avait aucune logique à regarder des images érotiques en sa compagnie, à fumer du shit et à boire des tas de cafés, ce qui fut notre programme de cet après-midi-là...

Je n'arrivais pas à le quitter. J'étais bien en sa compagnie. Je sentais que j'allais déraper. Je sentais que j'allais tomber amoureuse…

- Ah taisez-vous Véra ! éructa le Comte. Vous êtes fatigante ! Et personne ne croira que cette histoire soit vraie ! Vous me menez en bateau histoire de faire votre intéressante ! Votre histoire est incroyable. A-t-on jamais vu une femme et un jeune homme se promener à pied dans une ville en se demandant s'ils vont coucher ensemble pour finalement ne pas le faire en 2016 ? C'est d'un tordu ! Je ne crois pas un mot de ce récit ! Vous nagez en plein fantasme ! Votre histoire est mal écrite en plus ! Occupons-nous plutôt de la façon dont nous allons prévenir ma femme de l'arrivée imminente du petit.

Arnaud tendit l'oreille. Mademoiselle Vergnes devait être vexée car elle ne répondit pas tout de suite.

- Qu'allons-nous faire du galeriste ? demanda-t-elle enfin. Ce fut au tour du Comte de rester silencieux un temps.

Puis :

- Tout dépendra s'il veut collaborer. Garez-vous là. Je veux avoir le temps de lui expliquer la situation. J'ai un service à lui demander.

HOSSEGOR – PARIS

Chiara aimait bien les gosses. Ces trois-là étaient tout mignons avec leur air farouche et buté.

- Vous allez à Paris madame ? demanda le plus jeune qui était finalement le plus beau. Il était trop chou.

Chiara ne put réprimer un mouvement d'impatience à l'évocation de la capitale. Oui, elle allait à Paris, hélas. Oui, elle aurait pu emmener les trois enfants. Mais elle trouvait étrange qu'ils n'aillent pas au lycée et ils avaient une tête à faire peur. Est-ce qu'ils préparaient une fugue ? Est-ce qu'ils avaient fait un mauvais coup ? Cela aurait été le comble pour une procureure de se retrouver mêlée à une cavale. En même temps, elle espérait bien que ces trois jeunes, croisés à la sortie d'Hossegor, auraient des choses intéressantes à lui raconter pour la distraire de songer à Arnaud et à l'audience qui l'attendait.

- Vous partez tous les trois ?
- Oui, répondirent les jeunes en chœur.

Et c'est ainsi qu'ils s'installèrent à l'arrière de la voiture, tassés les uns contre les autres. Le plus petit s'installa d'autorité au milieu.

- Il n'y en a pas un qui veut monter à l'avant ?
- Non, répondit la fille, une adolescente diaphane aux cheveux blonds qui ressemblait à une madone vénitienne.

Chiara aurait voulu lui dire qu'elle la trouvait très jolie mais ce n'était pas quelque chose qu'une femme de son âge pouvait dire à une jeune fille qui voyageait en stop avec deux copains. Apolline avait de plus refusé avec une telle force de conviction que Chiara préféra ne pas insister.

Elle démarra. Le petit lui demanda fort aimablement :
- Dîtes-moi madame, il faut combien de temps pour arriver à Paris ?
- Environ six heures, lui répondit tout aussi aimablement Chiara.

Il hocha la tête et dit aux deux autres :
- Nous arriverons donc à dix-neuf heures. Un peu délicat de refuser l'invitation du sénateur Cassens surtout si on dort chez lui. Il faudra patienter et prendre l'apéritif mais après on y va !
- Ouais ! glapit avec enthousiasme, d'une voix virile, la jeune fille.

L'autre ado se recroquevilla sur la banquette. On aurait pu découper son malaise au couteau.
- Et vous allez où comme ça à Paris ? demanda Chiara.

- A l'Ecole Militaire, ce joyau de l'art gothique, dit avec emphase FX.

Chiara se sentit impressionnée. Ces français, quelle culture ! Cela lui rappelait son beau galeriste quand il lui parlait de son travail.

Elle n'y comprenait rien mais qu'importe : elle aimait les mots savants et les formules alambiquées. Histoire de ne pas être en reste elle lui inventait plein de tableaux et de peintres avec des noms en « i » en « a » et en « o » car ça faisait très italien mais toujours Arnaud la regardait d'un air qui signifiait qu'elle était bien gentille, qu'il aimait bien son cou, seulement côté culture…

Quand ils parlaient art ensemble il lui fermait la bouche d'un baiser : *« parle pas de ce que tu connais pas ».* Où était-il à présent ? Son répondeur était saturé de messages. Il lui manquait. Elle espérait qu'il ne lui soit rien arrivé. Elle aurait fait tout pour lui car elle l'aimait à l'italienne : sa galerie était restée ouverte, personne n'avait encore volé d'œuvres et Chiara s'était bien gardé de fermer une quelconque porte car si on lui piquait son stock ça lui ferait les pieds.

- Vous allez visiter le musée militaire ? demanda-t-elle à FX en tournant légèrement la tête.

- Non, répondit le petit chou. Nous allons voir un parent, le Comte de Vaudreuil.

- Jamais entendu parler.

- Nous non plus jusqu'à avant-hier, riposta Stanislas d'un air maussade.

- Vous vous appelez comment ?

- Chiara De Portalis, procureur au barreau de Paris. Et vous ?

Le regard du petit chou s'alluma. C'est tout moi, se dit intérieurement et fièrement FX. Je fais de l'auto-stop avec mon frère et sa goudoue de meuf et j'arrête une voiture de procureur. La fille était tellement moche qu'elle aurait pu être une vieille coiffeuse, non, elle est procureur ! Et un contact utile de plus !

- Enchanté, FX Kowalski. Et voici mon frère Stanislas Kowalski et sa fiancée Apolline Beaujeu.

Stanislas marmonna un bonjour, Apolline émit un grognement. Ils étaient décidément très marrants ces mômes ! En plus ils connaissaient Cassens…

- Mes amitiés au sénateur, dit-elle en clignant de l'œil à FX. C'est le mari de la cousine germaine de mon neveu. Du coup nous sommes très liés.

- Forcément, approuva FX.

- J'ai rien compris au pourquoi du comment, grogna Apolline.

- C'est facile, je vais t'expliquer…

Et tandis qu'il se livrait à une explication précise des liens de parenté qui unissait Chiara à Cassens, à savoir qu'ils étaient cousins par alliance du côté de la cousine de la femme du neveu de Chiara, Stanislas appuyait sa tête contre la vitre de la voiture et regardait s'éloigner Hossegor avec mélancolie.

Il commençait à pleuvoir. Un petit crachin monotone tombait sur les vitres de la voiture. Le ciel devenait progressivement tout gris, Stanislas sentait le spleen l'envahir et il avait envie de tout sauf d'être là, dans cette voiture, en direction de Paris, pour rencontrer son père, un vieux Comte amateur de boites de raviolis.

A dix-sept ans, ce genre d'aventure ne vous emballe guère, tout comme la musique que venait de choisir Chiara, *Mon amant de Saint Jean*, une chanson à vous déprimer une troupe de clowns.

Par diplomatie, FX faisait semblant d'approuver le choix de Chiara. En vrai, ce genre de musique lui donnait de l'acné et il prenait vraiment sur lui pour ne pas fracasser le lecteur de CD.

Stanislas croisa le regard d'Apolline. Ce n'était plus le même regard qu'hier après-midi. Cette fois-ci il ressenti qu'elle essayait de lui envoyer un regard doux malgré ses sourcils froncés et sa bouche revêche.

Seulement elle ne savait pas comment s'y prendre et finit par lui lancer :

- Qu'est-ce qu'il y a ? Tu veux ma photo ?

Chiara sursauta. FX la rassura.

- Ils se parlent toujours comme ça…

- Comment ça toujours comme ça ? le coupa Apolline. Ta gueule, toi ! De quoi tu te mêles ?

FX ne répondit rien. Il reprit le refrain de mon Amant de Saint Jean en chœur avec Chiara.

- Toi qui l'aimais tant…

- Putain fait chier ! Y'a pas du rap ? Ou un petit Justin Bieber ?

- Il ne l'aime plus, c'est du passé…

- Je vais me suicider dans cette caisse, waouh l'ambiance soirée Tranxène !!!

Et Apolline donnait de grands coups de pied sur le siège avant.

- Jeune fille je vous prie d'arrêter ! dit avec autorité Chiara qui s'arrêta de chanter.

- N'en parlons plus…tenta sans conviction FX qui savait comment Apolline allait réagir, à savoir qu'elle s'obstina et donna des coups de plus en plus forts dans le siège.

- Qu'est-ce qu'il y a, morue ? J'la pète si je veux, ta caisse !

FX la pinça au bras. *Elle allait tout faire rater ! Ils n'étaient même pas encore à Saint Geours de Maremne ! Si la moche les viraient de sa voiture, ils auraient bien du mal à être à l'heure Rue du Bac.*

- Excusez-la madame, mentit alors FX avec

aplomb. Elle a le syndrome de Tourette et on doit absolument aller à Paris rencontrer un spécialiste pour la soigner.

Chiara n'avait pas l'air de le croire. Elle était rouge de colère. FX vit venir le moment où elle allait s'arrêter en rase campagne en leur demandant de descendre.

- Elle pourrait s'excuser…

- Tadadada, enchérit aussitôt FX.

Elle s'excuse et je l'excuse madame mais sa pauvre mère nous l'a confié, on doit absolument être à l'Ecole Militaire à dix-neuf heures.

Il était visiblement embêté du comportement d'Apolline. Chiara fit la moue et se concentra à nouveau sur la route. Finalement, ce trajet s'annonçait pénible.

- Comment connaissez-vous Cassens ? demanda-t-elle pour changer de sujet.

- Je parie que vous ne vous arrêtez pas à Dax, dit subitement Stanislas à la surprise générale.

Apolline s'arrêta de donner des coups de pied.

- Tu as besoin d'y faire un arrêt ? demanda Chiara.

Cet ado, le plus vieux, était vraiment le plus sage, même s'il voûtait son grand corps à la façon d'un petit vieux.

- Oui, n'importe où, dans un hyper, une supérette, un épicier, un Ship Shop s'il le faut.

- Pour quoi faire ? l'interrogea FX.

-Pour pas arriver les mains vides…

- Ouais ducon ramène-lui une boite de raviolis ! Premier prix pour ce gros bâtard qui t'as abandonné à la naissance comme on abandonne un chien dans un parking un soir d'été de juillet quand il faut choisir entre la mémé et le caniche !!!!

Apolline était très remontée par cette histoire. Chiara ouvrit de gros yeux.

- Toujours sa maladie, expliqua FX. Puis histoire de détendre l'atmosphère :

- Vous êtes mariée madame ?

- C'te question, siffla Apolline en enfouissant sa tête sous sa capuche et son menton dans son cou.

- Je vis avec un galeriste… annonça fièrement Chiara.

- Un galérien, la coupa Apolline.

- Non, non, un galeriste, la corrigea Chiara.

- C'est bien ça : un galérien ! Un type qui reste assis des heures sur son cul en attendant qu'un crétin lui achète une croûte moche qu'il va vendre la peau du cul !

- Elle est très atteinte, soupira FX. En plus, sa mère tient une boucherie à Hossegor alors pour eux, l'art c'est du cochon…

Apolline lui mit une baffe. Il lui en retourna machinalement deux. Stanislas fit mollement un geste pour tirer son frère par le col de sa chemise mais il avait l'énergie d'une plume ayant beaucoup fumé de pétards depuis le matin.

Chiara ne disait plus rien. Elle ne voulait pas s'en mêler. Pourtant si ces gamins se battaient ainsi pendant tout le trajet…quelle plaie !

Ils finirent pourtant par se calmer et bouder chacun dans leur coin. Une autre chanson emplissait l'atmosphère. C'était une chanson tout aussi joyeuse que *Mon amant de Saint Jean* :

« Ce bateau naufragé prisonnier sur la mer, ce vieil homme épuisé qui tremble dans l'hiver… »

- Elle est située où, la galerie de votre mari, madame ? demanda FX à Chiara trop heureuse de faire croire à des enfants qu'elle était mariée.

« Ce voile de mariée abîmé par la pluie, ce soldat condamné qui jette son fusil… »

- Dans le quatorzième arrondissement, rive gauche.

- Je ne connais pas bien Paris, confessa FX. C'est loin de l'Ecole Militaire ?

« Elle est comme le vent sur le feu des forêts, elle est pire que le temps on ne guérit jamais… »

- Pas très loin, répondit Chiara.

- Vous croyez qu'on pourra la visiter ? demanda encore FX.

- Bien sûr, dit Chiara en serrant la mâchoire. Quand on aura retrouvé Arnaud.

- C'est qui, Arnaud ? demanda Apolline.

« Elle t'a brisé le cœur, elle ne laissera rien... »

- Le galeriste ! éructa FX. Tu suis ou pas ?
- Oh ! Tu m'agaces !
- Vous n'allez pas recommencer ok !!! leur imposa Chiara de sa voix de procureur couvrant la chanson : *« Tes lèvres sur ma joue, c'est déjà la rupture... »*
- Arnaud a disparu subitement alors qu'il n'aurait pas dû, commença Chiara.
- Comment ça ?
- Hé bien on était…

Chiara s'arrêta juste à temps. Elle allait raconter à des ados qu'elle et Arnaud étaient vautrés à quatre mains sur leur canapé-lit, en train de faire l'amour, lui déguisé en princesse et elle en domino quand subitement il…

« Elle est en moi la déchirance... »

- Enfin laissez tomber. C'est trop long à expliquer, conclu Chiara. Excusez-moi les enfants, je dois me concentrer sur la route.

Cela voulait dire qu'elle ne voulait plus parler. FX se pelotonna contre Apolline par erreur et reçu un coup de coude. Il se carra donc confortablement au milieu de la banquette en lui écrasant les pieds au passage.

« Elle est venue prendre ma place, elle a les yeux de la souffrance...Chacun l'a vu, chacun le sait, elle est venue prendre ma place... »

Apolline avait des envies de meurtre rien qu'à l'écoute de cette chanson.

FX avait tous les poils de son bras hérissés.

Stanislas avait un regard vide. Il aurait bien au choix : roulé un pétard là, maintenant, tout de suite ou sauté de la voiture en marche.

« Elle te prend le bonheur que tu cachais si bien, elle ne laissera rien… »

Apolline regarda avec désespoir Stanislas. Au prochain arrêt pipi qu'on fait, je fous ses disques à la poubelle, pensait la jeune fille.

Elle le regardait avec intensité, il semblait à Stanislas qu'il l'entendait penser.

PARIS-HOSSEGOR-PARIS

Le Comte se tenait devant Arnaud, ligoté sur une chaise dans le parking.
- Votre mission, si vous l'acceptez, sera de vous faire passer pour mon fils…
- Hein ?
- Vous devrez vous appeler Stanislas pendant environ deux heures. Ensuite je vous donnerai 20 000 euros et nous serons quittes.
- Qu'est-ce que c'est que cette salade ?
- J'ai besoin que vous me rendiez ce service…
- Vous avez une drôle de façon de demander aux gens de vous aider, le coupa sèchement Arnaud.
- Il faut que vous compreniez que nous n'avons pas le choix, lui dit alors Mademoiselle Vergnes.
- Je ne comprends rien à cette histoire de fous, dit alors Arnaud. Il me semble que jusqu'à présent j'ai été plutôt calme. Mais là, trop c'est trop ! Je vous demande de me détacher, de me laisser partir, de me laisser tranquille !
- Il va falloir tout lui expliquer monsieur le Comte, soupira alors Véra.
- C'est bien ce que je craignais…
- Et puis, pourquoi moi ? demanda Arnaud.
- Et pourquoi pas vous ? rétorqua le Comte.
- Ecoutez…

- Non, vous, écoutez. Je vais vous raconter une belle histoire d'amour…

- Cela ne m'intéresse pas ! Je veux rentrer chez moi ! Le petit vieux s'assit en lotus sur le sol du parking. Arnaud se fit la remarque qu'il était sacrément souple pour son âge. Il était cependant bien décidé à ne pas céder. Il entreprit d'écouter d'une oreille distraite ce que lui disait le vieux Comte. Cette attitude fermée et inattentive n'aurait aucune répercussion sur le bon déroulement des évènements comme nous le verrons plus tard. Arnaud faisait semblant d'écouter avec application afin d'en finir au plus vite.

- Si j'écoute vos sornettes, vous me laisserez partir ? avait-il demandé.

Le petit vieux lui envoya un regard malicieux.

- Vous avez du temps, j'espère…

- Non, le coupa Arnaud, je n'ai pas le temps. J'ai du travail. Je dois être à ma galerie ce soir pour un rendez-vous très important.

- Impossible, dit alors mademoiselle Vergnes. Ce soir vous serez à l'Ecole Militaire…

- Ce joyau de l'art gothique, compléta machinalement Arnaud. Mais qu'est-ce que c'est que ça ? Je dis des âneries maintenant ! L'Ecole Militaire ce joyau de l'art gothique ? Je rêve ? Je suis drogué ? Vous êtes des personnes nées de mon imagination ? Tout ceci n'est pas réel ! Chiara, se mit à appeler Arnaud, arrête cette plaisanterie tout de suite !

- Votre amoureuse n'y est pour rien, dit sentencieusement le petit vieux.

- Ce n'est pas mon amoureuse, hurla Arnaud, c'est la femme qui habite chez moi !

- Si vous tenez à cette précision…

- Absolument !

Arnaud était furieux.

- Je voudrai bien partir…recommença –t-il.

- Je vais donc vous raconter une belle histoire d'amour…

- Pff…

Il aurait voulu remonter le temps, se rappeler pourquoi il s'était retrouvé au Ship Shop près de l'Ecole Militaire…ce joyau de l'art gothique.

- Vous n'aimez pas ça l'amour ? lui demanda le vieil homme. Le ressentir ? Le faire ?

- Le faire, j'adore. Le ressentir, non, répondit Arnaud, l'amour n'est pas, contrairement à ce qu'on en dit, une émotion. C'est un syndrome au même titre que la grippe. Et moi je ne tiens pas à tomber malade. J'ai une galerie à faire tourner.

……………………………………………………

« Je vous déteste depuis 1936. Cela fait plus de soixante-dix ans que j'espère votre mort. Vous êtes une ordure et un imbécile. Si vous n'êtes pas ici dans vingt minutes, je pars en abandonnant vos petits-enfants dans le parc. Ils peuvent se faire enlever par des pédophiles, c'est le cadet de mes soucis, vieille raclure. » Devant sa tasse de chocolat chaud, au parc de Bagatelle, ainsi pensait Zita, la femme du Comte de Vaudreuil.

………………………………………………

La marée était haute. Il faisait un peu froid. FX avait la chair de poule.

Les vers de Rimbaud, qu'étudiaient Stanislas pendant des heures sans les comprendre lui revinrent subitement en mémoire. Rimbaud ! Quel génie ! Entre quatorze et dix-neuf ans, il avait tout simplement réinventé la poésie !

« Un soir, j'ai assis la Beauté sur mes genoux. − Et je l'ai trouvée amère. − Et je l'ai injuriée. Je me suis armé contre la justice. Je me suis enfui. Ô sorcières, ô misère, ô haine, c'est à vous que mon trésor a été confié ! Je parvins à faire s'évanouir dans mon esprit toute l'espérance humaine. Sur toute joie pour l'étrangler j'ai fait le bond sourd de la bête féroce. J'ai appelé les bourreaux pour, en périssant, mordre la crosse de leurs fusils. J'ai appelé les fléaux, pour m'étouffer avec le sable, le sang. Le malheur a été mon dieu. Je me suis allongé dans la boue. Je me suis séché à l'air du crime. Et j'ai joué de bons tours à la folie ».

FX avait l'impression que ces vers avaient été écrit rien que pour lui, pour son passager noir, sa part d'ombre. Il pouvait se réciter ce poème en prose pendant des heures lui qui avait tant de mal avec ses verbes anglais irréguliers. Est-ce que tout le monde a un jardin obscur, des secrets et des attitudes inavouables ? Que font les gens quand ils se croient seuls ? *Horreur, Arar, Arthur, ô palais ô châteaux ! Horreur, hagard, Arthur, quel âme, Arthur, est sans défaut ?* lança-t-il à haute voix en direction des vagues. Il faisait totalement nuit. Il devait rentrer réviser ses mathématiques et écrire à V.L pour lui dire qu'il acceptait son invitation à déjeuner.

Ce soir-là, en rentrant de sa promenade, il trouva Apolline à nouveau devant sa porte. Elle avait une mine bouleversée qu'il ne lui connaissait pas. Quelques heures plus tôt, elle l'avait frappé parce qu'il lui avait dit que Stanislas révisait.

- Où est Stani ?

FX regarda sa montre.

En temps normal, Stanislas révisait ses textes pour le bac de français. Cependant FX savait que son frère n'étudiait plus. Quelque chose s'était passé, quelques heures auparavant, qui avait directement mené Stanislas du grenier à son lit. Pour être exact, depuis trente-deux heures, Stanislas dormait.

Il calcula qu'il faudrait environ quinze minutes à sa mère pour réaliser qu'Apolline était là et qu'elle risquait de lui demander de partir (sa mère, d'une intelligence très moyenne, pensait que si Stanislas déprimait c'était à cause de la jeune fille. Elle lui en voulait du mal qu'elle faisait subir à son « bébé ». FX avait envie de lui dire que c'était l'hôpital qui se foutait de la charité mais il décida d'attendre, il s'occuperait du cas de sa mère en temps voulu).

Il disposait donc d'un quart d'heure maximum pour cuisiner Apolline et voir si elle savait quelque chose d'intéressant.

- Tu as rendez-vous ?

Apolline suffoqua. C'était tellement FX de demander si elle avait rendez-vous ! Il serait capable de la faire attendre sous la véranda avec une tisane.

- Tu gères son agenda maintenant ?

FX répondit imperturbable :

- Si tu n'as pas rendez-vous je ne vois pas ce qui t'amène.

- Ce ne sont pas tes oignons.

- Alors salut.

Apolline avait envie de lui mettre des baffes. Il n'allait même pas lui proposer d'entrer. Il lui tourna le dos. Elle tomba dans le piège.

- Stani ne répond pas au téléphone depuis trente-deux heures.

FX ne répondit rien, ce qu'Apolline prit pour de la compassion à son égard.

- Dans son dernier sms il dit qu'il va me rappeler et il ne m'a pas rappelé.

FX regardait ses pieds. A la lumière de son porche, il vit qu'au sol des vers de terre se tortillaient.

- Tu crois qu'il est encore fâché ?

FX s'amusait à écraser les vers avec le bout de sa basket. Stanislas ne lui avait pas parlé d'une quelconque dispute avec Apolline mais il prit un air entendu comme s'il savait.

- Que veux-tu que j'y fasse ? Bonjour chez toi.

A ses pieds, gisaient les cadavres de nombreux vers de terre qu'il avait transformés en bouillie épaisse.

Apolline sentit la moutarde lui monter au nez.

- C'est toujours pareil quand je tombe sur toi FX ! Laisse-moi entrer !

- Non, dit fermement FX. Tu n'as pas rendez-vous. Stani est fatigué. Il dort.

- Je dois absolument lui parler.

- Envoie un sms ! Au revoir.

Apolline ne voulait pas partir.

- Je suis tellement désolée. Il voulait me parler et je ne l'ai pas écouté…

- Comment ça ? demanda FX.

Apolline rougit.

- On ne s'est pas compris et depuis…

FX haussa les épaules, lui tourna

subitement le dos et rentra chez lui. Il entendit Apolline l'injurier mais il s'en fichait. Dans le salon, son père lisait le journal. Il était tellement anecdotique cet homme qu'il ne lui adressa la parole que parce qu'il obligé. On entendait, malgré cette heure tardive, des bruits de tir dans la campagne.

- Maman est au stand ? demanda donc FX à son père.

Ce dernier hocha la tête sans répondre.

- Salut, dit alors FX en montant l'escalier qui conduisait à la chambre de Stanislas.

Il était à moitié redressé sur ses oreillers, son ordinateur portable sur les genoux. Au sol, les plateaux repas que lui avaient monté leur mère inquiète de ce qu'elle pensait être un chagrin d'amour. FX se glissa dans le lit à côté de lui. Stanislas semblait ailleurs.

- Qu'est-ce que tu fais ?

Stanislas prit son temps pour répondre. Sur l'écran, on voyait plusieurs onglets ouverts.

- Je cherche mon père…dit-il enfin.

- Le Comte de Vaudreuil, compléta FX.

Stanislas n'avait pas l'air surpris qu'il sache. A un moment il fut tenté de lui dire que c'était lui qui avait décidé de mettre la boite au-dessus de la table de révision, qui avait installé la tige de fer… A la place, il demanda :

- Tu as couché avec Mademoiselle Vergnes l'autre après-midi ?

Stanislas ne voyait pas de quel après-midi avec Mademoiselle Vergnes il parlait. Il y a avait eu tant d'après-midis passés en compagnie de son professeur de français ! Mais où était-elle au moment où il avait tant besoin de parler, de se blottir contre elle, de se sentir soutenu et d'avoir peut-être réponses et conseils au regard de sa grande expérience ? Quoiqu'à la réflexion…

Stanislas devait bien convenir qu'elle était aussi perdue que lui. Elle n'aurait pu lui fournir le moindre conseil utile. Surtout depuis le fameux après-midi que venait d'évoquer FX ! Pourquoi était-elle partie pour Paris subitement ? Avait-il fait quelque chose de travers ?

Il revivait la situation, le corps nu de son professeur, la surprise qui l'avait saisi parmi ses draps. Il avait encore, à l'évocation de ce souvenir, le goût de sa peau dans la bouche. Il soupira.

- Cela ne te regarde pas, dit-il enfin en continuant de fixer son écran.

FX savait qu'il était inutile d'insister. Stanislas-l'huître était de retour. Il se carra plus confortablement dans le lit puis regarda son frère. S'il faisait ce qu'il avait envie de faire, est-ce que Stanislas le repousserait ? Il évalua les risques. Au pire, il aurait droit à une bonne droite ou à un coup de poing. Stanislas continuait de fixer l'écran. FX le regarda à nouveau. Il avait vraiment un profil aristocratique. Il était vraiment très beau.

FX posa sa main sur la cuisse de son frère pour l'amadouer, et tout en priant pour ne pas se faire jeter comme un moins que rien, il posa sa tête sur son épaule.

- Tu t'y prends mal pour retrouver le Comte de Vaudreuil, j'ai déjà son adresse.

Stanislas ne disait rien mais il ne l'avait pas repoussé.

- Tu seras toujours mon frère, dit enfin Stanislas en inclinant légèrement la tête de côté. Je m'en fous de l'autre fils Vaudreuil.

Ils ne se dirent rien de plus. Stanislas songeait à Mademoiselle Vergnes. Qu'est-ce qui était bien, qu'est-ce qui était mal ? Son désir devait-il forcément être coupable ?

« Je vous aime Véra. Je vous désire ET je vous aime. J'ai peu de certitudes mais j'ai au moins celle-ci ».

Stanislas revint au moment présent. C'était sans doute la première fois que lui et FX avaient un geste affectueux l'un pour l'autre. Ils étaient heureux de l'évidence de leur rapprochement.

Ils décidèrent de partir dès le lendemain à Paris retrouver le vieux Comte. Malgré les protestations de FX, Stanislas fut catégorique : on emmènerait Apolline.

Ils discutèrent longuement de la façon dont il fallait procéder. Retrouver le Comte, le sommer de s'expliquer, confronter leur mère, FX tenait à ce plan qui paraissait un peu brutal à Stanislas. Il finit cependant par se ranger aux vues de son petit frère. Plus tard, quand Madame Kowalski revint du stand de tir, elle trouva la porte de la chambre de son ainé ouverte. Elle resta un instant à contempler ses deux fils endormis côte à côte, dans le même lit. Ils étaient adorables ! Ils avaient la même bouche ouverte, le même nez et dégageait dans leur sommeil la semblable certitude que l'avenir leur appartenait.

FX serait maire d'Hossegor et Stanislas un grand peintre !

Au loin, le bruit des vagues, la chambre était embaumée par l'odeur des pins, on entendait le hululement d'une chouette. Qu'ils étaient beaux ses fils !

Tout en essuyant les traces de poudre sur ses mains, elle se dit qu'ils constituaient sa plus belle réussite.

LA MOTTE-PIQUET

- Hé bien voilà, dit Chiara en se garant sur le trottoir tout de travers. Vous n'êtes vraiment pas loin de l'Ecole Militaire, ce joyau de l'art gothique.

- Prenez le métro et vous serez bientôt Rue du Bac.

- Merci madame, répondit cérémonieusement FX.

Apolline sortit la première en claquant la porte. Sa première attention pour la ville de Paris fut de cracher sur le trottoir puis de crier sur Stanislas :

- Tu descends ou pas ? A moins que tu veuilles encore écouter des chansons de déprimés ?

Stanislas qui tenait délicatement quatre ou cinq boites de raviolis, s'extirpa tant bien que mal du véhicule.

FX fit la bise à Chiara, lui laissa sa carte, récupéra la sienne, promit de passer le bonjour au sénateur de sa part et de visiter la galerie d'Arnaud, envoya cinq sms tant qu'il pouvait profiter du confort de la voiture, et, après avoir lancé un clin d'œil égrillard à Chiara qui signifiait *« je m'en vais mais on se reverra vite »* consenti enfin à rejoindre les deux autres qui l'attendaient assis au bord du trottoir, sans occupation utile.

- Ah ! J'ai un appel ! dit-il aussitôt, comme son téléphone vibrait.
- Et dire que ce morveux à quatorze ans ! grogna Apolline.

FX s'isola pour mieux entendre son interlocuteur. Stanislas, gêné par ses boites de raviolis (mais pourquoi donc ne lui avait-on pas donné de sac plastique au Ship Shop de Dax ?) finit par faire une pyramide avec, ce qui le fit instantanément penser à sa mère.
- Tu vois, dit-il à Apolline, maman, au tir, elle assure vraiment. Là, elle te dégommerait tout.
- Ça m'en fait une belle, répliqua la jeune fille. Tu as d'autres infos aussi intéressantes à me communiquer ou t'es à ton maximum, là ?
Stanislas la regarda fixement.
- Je me demande encore pourquoi t'es là...
- Forcément ! l'interrompit Apolline, t'entraves jamais rien ! C'est comme l'autre jour ! Je te demande un truc super simple : me faire jouir avec ton regard et t'es pas capable d'assurer !
- Oh ! Ta gueule, soupira Stanislas de guerre lasse.
- Quoi ? T'as dit quoi, là ? hurla Apolline en se saisissant d'une des boites de raviolis.

Chiara était repartie immédiatement. Elle avait encore du travail, des dossiers à étudier, des traductions de l'italien vers le français et du français vers l'italien. Et surtout elle devait résoudre ce grand mystère : où était donc passé Arnaud ?

Elle devait convenir que la disparition du jeune homme la dérangeait plus qu'elle ne voulait l'admettre.

Elle se repassa la chronologie des évènements dans sa tête.

22 heures : la soirée avait bien commencé. Ils s'étaient déguisés pour assister au bal de la magistrature, quai des Orfèvres. Arnaud avait un costume de princesse, il portait du vernis bleu, une cape d'étoiles, une robe blanche à froufrous, un diadème brillant et une baguette magique.

- Alors ? Comment tu me trouves ?

- Tu veux la vérité ? lui demanda-t-elle.

- Bien sûr !

- Alors tu fais très pédé. Pédé travelo.

Arnaud était vexé.

- Mon petit pédé, continuait Chiara en soulevant sa robe à froufrous. Qui va se faire…

- Je ne tolérerai pas ça ! Parce ce que tu crois que ton costume te met en valeur ! la coupa-t-il.

Elle, elle avait choisi Arlequin. Son corps était graphique, plein de losanges de toutes les couleurs. La coupe très près du corps moulait ses formes pulpeuses.

- Ce n'est pas un peu convenu Arlequin pour une italienne ? persifla Arnaud qui se sentait lancé et qui d'ailleurs adorait critiquer Chiara.

- Non. C'est patriotique. Tu ne me trouve pas ultra désirable là-dedans ? minauda Chiara.
- Bah, répondit froidement Arnaud, je me demandais si tu n'avais pas grossi…

« *Voici le temps des assassins* ». Un silence glacial envahit la pièce. Chiara plissa les yeux, serra la mâchoire et finit par demander :
- Tu me trouves grosse ?

A cet instant Arnaud aurait pu désamorcer le conflit mais il calcula vite que s'il énervait Chiara, il y avait de fortes chances pour que cela se termine en séance de baise intense donc il renchérit :
- Objectivement, je trouve que tu as grossi. Puis très rapidement, il rajouta :
- Peut-être devrais-tu arrêter les pates.
Chiara était déjà furibarde. C'est trop facile ce soir, songea Arnaud.
- Tou ne panses pas ce que tou dis ? dit alors la procureure italienne en exagérant son accent comme à chaque fois qu'elle était en colère.

Arnaud la regarda droit dans les yeux.
- Si.
- Hé bien sache que mon corps est encore au goût des autres ! Et mes pates aussi !

Arnaud se la jouait fataliste.
- Si tou le dis, il adorait imiter l'accent de Chiara.
- Mais yé ne vois pas pourquoi yé devrai

mentir alors que moune idéal corrporrele à moi c'est oune anorexique de seize ans, avec dé longs cheveux, oune regard de biche et tu à apprendre…

Chiara était scandalisée :

- Tu serais capable de coucher avec un enfant !

- Un enfant ! Comme tu y va ! Je parle d'une jeune fille. C'est sûr qu'à l'aune de tes cinquante piges, seize ans, tu pourrais être la grand-mère…

- Comment oses –tu !!!

Elle venait de lui arracher son diadème. Léger, mais nous sommes sur la bonne voie, songea Arnaud.

Il continua :

- On est souvent en couple avec l'opposé de son fantasme. Regarde, toi : tu es pulpeuse, vieille, coupé au carré et fort intelligente…

Chiara lui mit une gifle.

- Sache que je revois Pietro mon premier mari et que lui n'est pas un pervers qui veut coucher avec des jeunes filles !

L'indignation gagna à son tour Arnaud :

- Au prix que tu m'as coûté !

Chiara se mit à rire. Elle se pensait irrésistible, hors de prix, elle avait une opinion de sa cote très surévaluée.

- Parce que je le vaux bien, dit-elle en minaudant toujours.

Arnaud ne semblait pas totalement d'accord.

- J'avais un accord d'exclusivité. Tu n'as pas respecté ton contrat. Il va falloir que je te sanctionne.

Toute envie de sexe torride l'avait déserté. Il ne supportait pas les gens qui ne respectaient pas leur part du marché.

Il fut sans pitié :

- Je serai toi je regarderai mon prix sur le marché en face. Ce n'est pas parce que tu es passée sur le second marché et sur pas mal de marchés d'ailleurs, passée et repassée ou plutôt que les marchés te sont repassés dessus, que ta cote va continuer d'augmenter de façon exponentielle !

- Qu'est-ce que tu racontes ? dit Chiara qui n'aimait pas du tout le tour que prenait la discussion.

- Tu n'as pas une actualité débordante, tu te dégrades inéluctablement au fur et à mesure que le temps passe. Tu n'as gagné aucun prix. De plus, tes travaux de restauration sont coûteux et de plus en plus inefficaces. Des œuvres semblables, parfois plus récentes, plus novatrices, inondent quotidiennement le marché. Je ne suis pas sûr de te revendre au juste prix quand tu m'auras trop soulé.

- Je suis un investissement sur le long terme, répliqua Chiara. Dans dix ans tu seras plus que content de me posséder.

- Pas sûr ! riposta Arnaud. Si je dois attendre dix ans pour que mon investissement soit rentable, c'est dommage pour moi et pour toi. Car soyons réalistes, dans dix ans, chérie, je t'aurai léguée à une institution, un musée qui saura comment te conserver voire te restaurer…En clair tu appartiendras à un vieux collectionneur friqué, et encore parce que je suis gentil !

- Goujat ! hurla Chiara. Enfin je vois ton vrai visage…

- Certaines œuvres ne peuvent être conservées ad vitam et à demeure, poursuivait Arnaud imperturbable. Je ferai une donation et viendrai te rendre visite à l'occasion quand tu croupiras momifiée auprès de ton vieux.

Cette fois-ci Chiara était furieuse. Estomaquée, elle s'assit brutalement sur le canapé-lit.

- Je veux retourner vivre avec Pietro.

- Si tu veux, dit alors Arnaud. A condition qu'il me rende mes tableaux.

- Jamais il n'acceptera !

- Pas de tableaux, pas de Chiara, riposta Arnaud.

Puis, ravi des idées cruelles qui lui traversait la tête, il continua sa démonstration.

- Je suis, de loin, ton acquéreur le plus prestigieux. Tu devrais être contente, vu les dégradations que j'ai constatées récemment…

Chiara lui donna à nouveau une gifle.

Il saisit sa baguette magique et lui en donna un coup sur la tête.

- Pietro te rendra tes tableaux et me libérera, énonça fièrement Chiara.

- Pietro est un collectionneur qui ne sait pas renoncer, dit alors Arnaud, je ne suis pas certain qu'il te préfère aux croûtes avec lesquelles je t'ai achetée.

- *Stronzo* ...

Alors pour rééquilibrer l'échange, Arnaud ajouta :

- Non pas que cette situation me déplaise. J'en ai ma claque de l'Italie. Ça me fait plaisir de baiser des italiens. Pour une fois que ce ne sont pas eux les…

Chiara était vexée au plus haut point. Elle commença à sangloter sur le canapé-lit ce qui eut pour effet d'ennuyer prodigieusement Arnaud qui enchaina, n'ayant plus la moindre envie sexuelle :

- Ah et puis il faut que je te le dise. Parmi les trucs italiens que je déteste il y a les pates. Je n'aime pas les pates. On mange trop de pates.

- Quoi ? hurla Chiara.

Arnaud réajusta sa cape d'étoiles. Il y a des moments dans la vie d'un couple où il faut être honnête et se dire les choses en face.

- Les pates c'est pour les étudiants fauchés. Le pire c'est tes pates au thon. A chaque fois j'ai l'impression que je viens de payer le troisième tiers et que je dois faire des économies.

Manger des pates me déprime. Tu ne crois quand même pas que je vends des œuvres hors de prix pour manger tous les soirs des nouilles ! Si c'était des pâtes au caviar, à la truffe à la limite… Mais des pâtes au thon, je dis non !

- Mais pourquoi ? lui demanda d'un air désespéré Chiara qui ne demandait qu'à comprendre.

Elle avait l'impression qu'il lui ouvrait enfin son cœur. Au fond d'elle, elle se disait : *« Enfin nous communiquons. Lui d'habitude si secret me fait enfin part de ses sentiments ».*

De son côté on ne pouvait pas dire qu'Arnaud n'était pas sincère, il n'aimait vraiment pas les pâtes et trouvait que Chiara avait pris un coup de vieux.

- Mais parce que ! Je ne sais pas si je dois te le dire, c'est un peu gênant…

Bizarrement, Chiara s'était calmée. Elle se rassit et demanda à Arnaud de la rejoindre. Quand il se fut exécuté, elle lui passa un bras autour du cou et d'une voix câline, lui dit :

- Explique-toi. Je serai à ton écoute.

Arnaud la regarda attentivement. Il avait pensé que Chiara était une femme intelligente mais là il était déçu.

Il venait de la traiter de grosse, de la frapper avec un objet contondant, de l'insulter avec

115

son pays, sa gastronomie et elle le dorlotait. *C'est triste,* songea-t-il intérieurement, *je l'aimais bien, je la trouvais sympa, mais je vais devoir la larguer...*

- C'est le genre de repas que tu fais quand tu rases tes fonds de placard, continuait-il. La cuisine italienne est une cuisine de déche. Je ne dis pas qu'il n'y a pas un côté glamour dans les pâtes à la puttanesca. Mais le côté érotique est inhibé par le fait que c'est encore une recette qui mixe tous les restes de bouffe. Je me sens pauvre quand je mange italien.

Chiara semblait désolée. Non mais quelle nouille c'était le cas de le dire, songea Arnaud. Puisqu'il était en pleine crise d'honnêteté, il continua :

- Et les gnocchis ! Ça n'a pas de goût, ça reste sur l'estomac, c'est étouffe-chrétien ! En plus je suis sûr que tu ne connais pas l'histoire des gnocchis !

- Tu disais pourtant que tu aimais ma cuisine…balbutia Chiara.

- Pour te faire plaisir !

Chiara commença à sangloter.

- Tu disais qu'avec moi tu voulais réaliser tes rêves…

- Désolé Chiara, je ne rêve pas de me faire des pates. Le pire c'est tes raviolis. Ils sont tellement dégueulasses que tu devrais t'épargner du temps, de la honte et les acheter en boite.

Chiara pleurait à présent à chaudes larmes.

- Oh ! arrête de pleurer, s'agaça Arnaud.

Mais elle continuait de sangloter. Alors, pour la faire taire, maintenant qu'il avait compris qu'elle était vraiment très bête, il la renversa sur le canapé-lit. Il commença à arracher arracha son costume.

- Arrête de pleurer, ce n'est pas la fin du monde, tu vois bien, dit alors Arnaud en achevant de lui ôter sa combinaison qui glissait avec facilité le long de son corps, que tu n'es pas si grosse que ça.

Stanislas n'écoutait pas Cassens qui lui parlait de sa collection de petits chiens en jade. Il faisait semblant d'écouter pour faire plaisir à son petit frère qui résautait à tout va lors de cet apéritif mondain mais son esprit était clairement ailleurs.

En fait, il se remémorait la première fois où il avait failli faire l'amour avec Mademoiselle Vergnes. Bien qu'il veuille chasser ce souvenir qui s'invitait de façon incongrue, il n'y parvenait pas.

C'était au mois d'avril. Il faisait tellement chaud qu'il étudiait torse nu, en short. Mademoiselle Vergnes avait une robe légère en coton et des espadrilles. Il avait remarqué qu'elle ne portait pas de soutien-gorge et se mit à imaginer qu'elle ne portait pas de culotte non plus.

La maison était déserte et ce, pour de longues heures. D'un point de vue scolaire, il peinait à nouveau sur ses lectures cursives et analytiques, n'y comprenant rien.

Cette année étant l'année Rimbaud, les professeurs se lâchaient et Stanislas avait l'impression de manger du Rimbaud à toutes les sauces, jusqu'à en frôler l'indigestion et/ou l'inflammation des méninges.

Il se souvenait avec précision du poème qu'ils étudiaient ensemble. Peut-être que tout était de la faute de ce dernier, qu'il était trop incitatif…

Elle était fort déshabillée
Et de grands arbres indiscrets
Aux vitres jetaient leur feuillée
Malignement, tout près, tout près.
Assise sur ma grande chaise,
Mi-nue, elle joignait les mains.
Sur le plancher frissonnaient d'aise
Ses petits pieds si fins, si fins…

A titre personnel, Stanislas n'était pas un fétichiste des pieds et la dimension érotique du poème le laissait de marbre. En même temps, chacun son truc, se disait-il. Mademoiselle Vergnes avait d'abord lu le poème puis demandé :

- Qu'est-ce que tu ne comprends pas ? Cela à l'air plutôt limpide, non ?

Stanislas répliqua en la regardant droit dans les yeux car il avait remarqué que cela la troublait au plus haut point :

- Je crois que je suis totalement hermétique à Rimbaud, y compris en ce qui concerne ses poèmes érotiques. La situation qu'il décrit ne m'excite pas du tout.

- C'est surtout surprenant qu'on vous ai donné ça à étudier en classe, répondit Mademoiselle Vergnes dont une des bretelles de la robe venait de glisser sur son épaule nue.

Stanislas trouvait davantage excitant de regarder les épaules de son professeur que le poème. Il lui répondit en regardant attentivement là où la bretelle s'affaissait :

- On ne nous a pas donné ça à l'école. Je l'ai trouvé tout seul sur Internet. Je voudrai des explications approfondies.

Et mû d'une audace folle, il fit glisser la deuxième bretelle de la robe avec son stylo.

Mademoiselle Vergnes n'eut aucun mouvement de recul et ne remit rien en place. Elle dit enfin :

- Hé bien je ne sais que dire, c'est assez fatiguant d'expliquer le désir…

Ce à quoi Stanislas avait répondu en s'approchant pour l'embrasser :

- Alors ne dites rien. Si c'est pour expliquer le désir, il vaut mieux que vous ne parliez pas trop, ça va vous fatiguer et moi aussi.

- Tu le savais Stani ? lui demanda FX, hilare.
Stanislas était à nouveau plongé dans le salon
du sénateur Cassens. Son frère, qui fumait le
cigare, était planté devant lui, un verre de
cognac dans l'autre main.
- Quoi ? demanda-t-il par réflexe.
- Que le sous-préfet adore pisser dans des
coupes à champagne pour ensuite boire son
urine !
- Monsieur, vous voulez que je vous serve vos
raviolis ?

Devant Stanislas se tenait maintenant une
petite bonne vietnamienne.
- Non, intervint d'autorité FX, nous ne restons
pas diner. Et puis ça me ferait mal de venir
rue du Bac pour manger des raviolis en boîte.
- Ce n'est pas à servir, je les récupère tout à
l'heure, répondit, beaucoup plus gentiment
que son frère, Stanislas.
- C'est un cadeau, persifla Apolline affalée sur
une banquette et dont le regard hurlait
intérieurement : « Pitié, on part quand ? ».La
petite bonne semblait décontenancée, ce qui
déplut à FX.
Cela confirmait bien ce qu'il pensait
intimement : le personnel n'était plus de
qualité dans les grandes maisons ! Après
autant d'années au service d'un sénateur,

pourquoi cette femme était-elle surprise qu'on ramène des conserves italiennes de Dax pour les offrir ?

En même temps, FX se dit que Stanislas n'avait pas choisi la plus typique des spécialités basques.

- Par hasard vous pourriez nous dépanner d'un sac, même poubelle ? demanda-t-il à la bonne.

- Il faut toujours que je pense à tout, dit-il en se tournant vers Stanislas.

Cassens ne lâchait pas ce dernier.

- Ce petit chien en jade là, je l'ai acheté au vide grenier de Pont à Mousson le 26 juin 1974 …

- Super, le coupa Stanislas.

Mais comme FX le regardait en faisant des gros yeux :

- Et vous l'avez acheté à qui ?

- A personne. Enfin si. C'était sur un stand de brocante à Pont-à-Mousson. Donc…quoique…non…c'était dans la banlieue de Pont-à-Mousson…enfin je crois…je ne me rappelle plus…c'est dingue comme on oublie les choses. Vous qui êtes jeune, vous avez certainement une excellente mémoire mais moi je ne sais plus…Est-ce que c'était à Pont-à-Mousson ou dans la banlieue de Pont-à-Mousson…

- C'est important ? demanda Stanislas.

- Et comment ! répliqua FX en lui donnant un coup de coude.

Cassens sourit affectueusement à FX.

- Absolument ! C'est très important. Enfin ça va me revenir au fur et à mesure et je vous en parlerai.

- Ah ! se réjouit FX. Nous voulons absolument le savoir.

- Plus tard peut-être, minaudait Cassens.

Stanislas regarda la pendule puis Apolline, ce qui eut pour effet d'attirer l'attention de Cassens sur la jeune fille.

- Vous aimez les petits chiens en jade, jeune demoiselle ? lui demanda-t-il.

Elle lui jeta un regard offensé. Du coup, Cassens se rabattit à nouveau sur Stanislas. FX en était à son deuxième cigare et faisait son marché parmi les cartes de visites du sénateur.

- Cela devait être le 22 avril ou peut-être le 24 quoique le 23 soit une possibilité…songez donc en 1974. Vous n'étiez pas né…

- Mais son amoureuse si, crut bon de souffler FX par provocation en faisant des ronds avec la fumée de son cigare. Il s'était resservi un whisky.

Stanislas lui jeta un regard haineux.
- Où sont les toilettes ?

- Au bout du quatrième couloir, droite droite puis gauche droite, il faut taper le digicode, lui répondit aimablement Cassens. J'attends votre retour pour vous raconter la fin de l'histoire.
- J'ai hâte. Je reviens vite.

Stanislas se demandait s'il arriverait à temps aux toilettes ou s'il vomirait avant. En tout cas trouver le petit coin dans la maison de Cassens s'apparentait à une aventure.

Il y avait plein de couloirs et de pièces à découvrir avant d'y accéder. Il lui fallut dix bonnes minutes pour trouver ce qu'il cherchait.

Une fois arrivé à destination, il s'assit devant la cuvette et entreprit de se rouler un joint. C'était absolument nécessaire pour supporter cette histoire de petits chiens en jade et la pression de rencontrer le Comte de Vaudreuil le même soir.

Pour être totalement honnête Stanislas songeait que l'herbe était trop légère pour ce genre de circonstances. Il aurait aimé être chez lui, à Hossegor, pour trouver rapidement quelque chose de plus fort.

Il se dit cependant que tout n'était peut-être pas perdu. FX avait tellement de connections qu'il pourrait sûrement lui trouver ça, en pleine rue du Bac. Mais il avait honte d'impliquer un mineur, de surcroit son petit frère, dans ses addictions.

En plus il avait envie de baiser.

Il ne s'expliquait pas cette pulsion soudaine vu qu'entre les petits chiens en jade, la vieille italienne, Apolline et la bonne vietnamienne, rien n'avait particulièrement éveillé son désir.

Pourtant la réalité était là, tangible, impérieuse.

Il se dit en lui-même (attention il s'agit d'une pensée brute et intime d'un jeune homme de dix-sept ans) : j'ai plus envie d'une chatte que de me droguer. Il semble cependant acquis que je peux plus facilement me droguer que me soulager. Pourtant je n'en peux plus, je suis à cran. Donc, partant de ce postulat, est-ce que ces toilettes sont suffisamment tranquilles pour que je puisse me branler en toute discrétion ? Au bout d'un bref instant il se dit : peut-être que les toilettes sénatoriales sont équipées de caméras de vidéosurveillance. Je devrais donc éviter…

Quand il eut roulé son joint, il l'alluma, baissa son pantalon et s'assit sur la cuvette des toilettes. Il s'apprêtait à le savourer lentement tout en se masturbant quand la voix d'Apolline le fit sursauter :
- Tu fais quoi ?
- Comment ça, je fais quoi ? rétorqua Stanislas. Je suis aux toilettes, tu le vois bien.
- Ouais, bah tu fais quoi ? persistait Apolline. On peut faire tellement de choses aux toilettes quand on y est depuis plus de quinze minutes…Stanislas ne répondit pas.
- Tu te branles ? demanda alors Apolline.
- Ta délicatesse légendaire te perdra, répondit sèchement Stanislas.

- Alors tu fais quoi ? Tu ne vas pas me dire que tu fais caca ?

Stanislas songea intérieurement qu'Apolline n'était pas seulement un vrai mec car il y avait des hommes sensibles et délicats. Non, Apolline était son amie, et son amie était un beauf.

- Laisses moi tranquille un peu, répondit-il puis il tira une bouffée sur son joint.

- Ça sent la *weed*, dit alors Apolline. T'es trop con…

- Oh ça va, la rembarra Stanislas.

Il voulait juste être un peu tranquille.

- Je te dis que t'es trop con, continuait Apolline. Si t'avais besoin de te droguer, fallait me demander, j'ai des trucs autrement plus intéressants que ça.

- Ah bon ? Stanislas savait qu'elle ne mentait pas. Il hésitait cependant à ouvrir la porte.

- Et tu as quoi ?

Apolline laissa planer le suspense quelques instants.

- Des champis, répondit-elle enfin. Et une bouche.

Stanislas pesa le pour et le contre. Il avait vraiment très envie de baiser.

- T'es plus homo ? demanda-t-il la main sur le loquet.

- C'est quoi cette question ? Tu ouvres ou pas ?

Stanislas avait envie de se laisser

125

tenter. Le voyage, la pression, l'ennui de cette visite…

Mais c'était Apolline, les ombres des conséquences dansaient confusément dans un coin de sa tête.

- J'ai besoin que tu…

- C'est bon, je sais, le coupa Apolline. T'es trop mal, je suis obligée de faire quelque chose.

Il se redressa donc, lui ouvrit la porte des toilettes en grand et lui dit :

- Mademoiselle, bienvenue chez moi ! Ah merde, je n'ai pas de…

- Parce que tu croyais que j'allais te… ?

- Non mais si on…

- Oublie. Je veux bien t'aider mais je suis pas Mère Térésa non plus.

LYCEE SUD DES LANDES

« Les voisins de dessus
Cognent à grands coups de massue
Mais le sommier sonore
Grince, grince toujours plus fort… »

- Vous êtes sûre que c'est d'Arthur Rimbaud ? demanda le professeur de français en arrachant la feuille des mains d'Apolline. Toute la classe la regardait. Apolline sentit la colère monter en elle, comme toujours quand elle se trouvait dans une situation délicate. Elle devint verte de rage, serra la mâchoire, pleine d'une colère froide.

- Et peut-on savoir à qui s'adresse cette délicate prose ? renchérissait le professeur.
        Apolline ne disait rien. Elle était clairement en faute. Quelle idée d'écrire des messages pseudos-érotiques à Lou en plein cours de français !
        La pauvre Lou n'était d'ailleurs pas à la noce, elle était la seule à ne pas la regarder. Elle était plus rouge qu'elle. Apolline ressentait clairement que Lou rêvait de creuser un trou et de s'y enterrer. Personnellement elle avait plutôt envie de se lever et de quitter la classe mais cela ne se faisait pas. Le professeur ne désarmait pas.

- Mademoiselle Beaujeu, je ne porterai pas de jugement et vous avez sans doute été influencée par Arthur dans vos choix amoureux mais…

- Ça suffit, le coupa Apolline qui voyait où il voulait en venir.

Hélas le prof avait une dent contre elle et ne voulait que l'humilier.

- Aussi nous aimerions savoir à laquelle de vos camarades féminines vous proposez de faire grincer le sommier ! Un poème est fait pour être lu et sans destinataire il perd beaucoup de son intérêt…

La classe partit d'un fou rire, sauf le mec devant elle qui gardait la tête penchée sur son cahier. Apolline sentit la crise venir. Elle espérait cependant un peu de clémence de la part du professeur de français. A tort.

- Alors Mademoiselle Beaujeu, on se dégonfle ? continuait ce dernier. On n'a pas le courage de ses émotions ?

La classe fut à nouveau secouée d'un rire de complaisance.

Le professeur de français avait une sale réputation, il prenait un bouc émissaire et à chaque fois, ceux qui n'en faisaient pas les frais, étaient tellement soulagés qu'ils suivaient la meute.

- Allez Apolline, dis-nous c'est qui, on sait que tu aimes la chatte ! lui lança Thibaut

129

tandis que toute la classe à présent se lâchait en un gros rire sonore dont les éclats lui revenaient en pleine tête comme des gifles. Elle entendait *« Apolline goudoue », « Apolline lesbienne », « Apolline la gouine »* mais ne voyait que Loulou qui piquait toujours son fard rouge, tremblante d'être découverte, ce qui risquait bien d'arriver si elle continuait à *bad triper* comme ça. Il était d'ailleurs étonnant que la classe n'ait pas encore fait le rapprochement entre elles deux. En même temps, se disait Apolline, ça prouve qu'ils sont vraiment très cons…

- Mademoiselle Beaujeu, continuait le professeur, vous ne réalisez pas la chance que vous avez d'étudier dans ce beau lycée. Tandis que je m'échine à vous ouvrir à l'art, la littérature, la vraie beauté, vous vous laissez aller à vos bas instincts et écrivez des choses inconvenantes et immorales…

- Non mais de quoi je me mêle ! Le type qui faisait semblant d'être indifférent s'était levé.

Il toisait le professeur d'un regard méprisant et Apolline n'en crut pas ses yeux quand elle le vit quitter son bureau, se diriger vers le professeur et lui prendre la feuille des mains.

- C'est du Benjamin Biolay et c'est pour moi, dit-il en faisant un clin d'œil à Apolline. Il y a une vie après Arthur Rimbaud, monsieur.

Et il plia tranquillement la feuille en

quatre morceaux sans la lire, avant de la glisser dans la poche arrière de son jean. Un frisson de déception parcourut la classe.

Lou retrouva une respiration normale. Apolline serrait plus fort les poings car la détente libérait ses tensions. Pourvu que la cloche sonne car elle était au bord, elle allait exploser. Le professeur restait stupéfait par l'audace du nouveau.

Stanislas Kowalski venait d'arriver au lycée depuis une semaine, il était plutôt populaire et les jeunes filles se pâmaient pour lui. Auparavant, il avait suivi une scolarité confuse dans un internat près de Dax dont il avait été renvoyé pour absences répétées liées à des malaises.

En salle des professeurs on parlait d'usage de stupéfiants, de problèmes de décollement de la plèvre, d'une santé physique et mentale plutôt fragile malgré sa grande taille. Stanislas le dépassait d'une tête, il avait déjà beaucoup de poils au menton et faisait plus vieux que son âge.

- Bien, reprit le professeur sur un ton ironique, puisque les deux tourtereaux ont enfin réussi à communiquer, nous allons peut-être pouvoir reprendre le cours ? Je disais donc, Arthur…

Mais Thibaut s'était levé aussi et il se dirigeait vers la table d'Apolline.

- *Madame Arthur, était une femme, qui fit parler, parler, parler*…chantonnait-il à sa camarade de classe en imitant Yvette Guibert ou plus précisément le travesti d'Hossegor qui imitait Yvette Guibert et qui avait un certain succès dans la station.

C'en fut trop pour Apolline. Elle envoya tout valser : le bureau, les livres, ses cahiers. Elle se rua sur la porte et courut droit devant elle, sans autre but précis que fuir cette classe, ces regards emplis de jugements et la lâcheté de Lou. Stanislas se leva d'un bond et partit à sa poursuite. Sans réfléchir.

- *Sans journaux, sans rien, sans réclame, elle eut une foule...*

- Thibaut ! Assis ! glapit le professeur de français.

Apolline courait vite. Elle courut jusqu'au stade qui jouxtait le lycée, plus de huit cent mètres plus loin.

Stanislas commençait à regretter son geste solidaire. On était en octobre. Il faisait encore froid, on entendait le bruit des vagues déchaînées, des surfeurs poussaient des hurlements de joie. Leurs cris rajoutés à celui des mouettes, transperçaient son cerveau brumeux.

Il fumait trop. Courir après Apolline lui déclencha une quinte de toux digne d'un petit vieux et son décollement de plèvre se rappela à son bon souvenir. Il souffrait atrocement. Il ressentait une sorte de déchirure perpétuelle dans la poitrine.

Quand il la rejoignit sur l'herbe du stade, il n'avait plus de jambes et fit comme elle : il s'écroula.

Apolline sanglotait et arrachait des poignées d'herbe. Stanislas lui posa la main sur l'épaule pour lui signifier qu'il était là. Elle le regarda à travers sa masse de cheveux emmêlés et pleins de terre. Son regard était inquiétant tellement il était vide. Sa peau était toute rouge là où les larmes avaient coulé. Elle se gratta subitement le visage avec force.

- Je suis allergique à mes larmes, lui dit Apolline en guise d'explication.

- Je n'arrive pas à respirer, lui répondit-il.

Il avait en effet toutes les peines du monde à reprendre son souffle. La douleur dans sa poitrine s'intensifiait, il avait l'impression qu'on l'écorchait de l'intérieur.

- Moi non plus. Moi aussi j'étouffe ici, dit Apolline. C'est comme un trou noir.

Il remarqua qu'elle était en sueur et tremblait vraiment beaucoup.

- Calme-toi, lui dit Stanislas. Essaie de penser à quelque chose d'apaisant. Concentre-toi sur cette idée.

La jeune fille tenta de lui obéir mais cela ne marchait pas. Après un temps au cours duquel elle fut silencieuse, elle se remit à gémir et à pleurer.

- J'ai peur. J'arrive pas.

Stanislas la retourna sur le dos et posa

la main sur son cœur. Son visage était baigné de sueur et ses yeux semblaient toujours perdus dans le vague.

- Tu fais une crise d'angoisse, lui dit-il doucement. Calme-toi. Pense à quelque chose d'agréable.

Il savait aussi qu'il fallait qu'il la touche pour la ramener à la réalité, à ici et maintenant. Il lui frôla donc les épaules, les cheveux, puis il caressa le visage d'Apolline, son doigt s'attardant sur le contour de ses paupières et de sa bouche.

Apolline se détendit et finit par l'agripper par le cou, enfonçant ses ongles dans sa chair, l'attirant à elle de plus en plus près. Elle finit par lui rouler une pelle. Stanislas qui manquait déjà d'air, crut clairement que ce baiser allait le tuer.

- Je n'aime pas les mecs, lui dit-elle dans un souffle.

- J'avais deviné, répondit Stanislas en se redressant tant bien que mal, sentant toujours la déchirure intérieure et douloureuse dans sa poitrine.

- T'as un décollement de la plèvre ? lui demanda Apolline qui s'était redressé d'un coup sec.

- Oui, répondit Stanislas. J'ai grandi et j'ai fumé trop vite.

- Comment c'est arrivé ?

Il ne répondit rien tout d'abord.

Puis, malgré la douleur, il lui fit un clin d'œil et commença :

- J'avais 16 ans je voulais être grand, faire comme tous ceux qu'ont déjà vingt ans, sortir le soir avec ma bande, être fiancé de temps en temps. Puis comme un défi, comme un enjeu, je les ai laissé tomber, pour de nouvelles règles de jeu, que je ne savais pas si compliquées ...

Apolline battit des mains.

- Hum...Rimbaud...*On grandit trop vite comme attiré par les années, notre enfance nous quitte, sans qu'on ait le temps d'en profiter. On vieillit si vite, l'horloge je voudrai l'arrêter.*

- Je rêvais d'un monde couleur framboise, j'ai l'impression d'être égaré. Je me retrouve sous un ciel gris ardoise, un univers mal fabriqué. Alors quand viennent les coups de cafard, on est plein, on est des milliers à se réouvrir la mémoire, retrouver nos contes de fées...

- Et après ce con de prof dit qu'on ne connait pas nos classiques ! pouffa Apolline.

Ils avaient donc fait connaissance ce jour-là, découvrant avec surprise qu'ils étaient voisins. Les parents d'Apolline venaient de racheter la plus grande des boucheries d'Hossegor, en plein centre-ville.

- Vous habitiez où avant ?

- A Dax et encore avant à Paris, près de l'Ecole Militaire.

- Ah ce joyau de l'art gothique !

- Voilà c'est ça ! Mais mon père a préféré revenir dans le Sud, il ne supportait plus Paris.

- C'est marrant mais moi aussi j'habitais Dax, on aurait pu se croiser bien avant.

- Ouais, renchérit Apolline, cela aurait été marrant. Mais tu sais on a failli ne pas venir à Hossegor.

- Pourquoi ?

- Hé bien mon père a eu une proposition pour gérer un Ship Shop près de l'Ecole Militaire et ma mère avait même trouvé un emploi pour s'occuper d'un petit vieux à proximité. Ils ont un peu hésité parce qu'ils se disaient que ce serait peut-être bien pour mes études qu'on reste parisien.

- Et finalement ils ont préféré Hossegor ?

- C'est-à-dire que je leur dit que je n'avais aucune ambition.

Franchement Stani, mes parents possèdent le plus gros et le plus rentable des commerces de la ville et j'adore la viande. Je suis bien obligée de passer mon bac mais tu sais moi ce qui me passionne c'est la ventrèche et le confit de canard. Je me vois très bien tranquille ici en train de vendre de la charcuterie. Je n'ai pas besoin de Paris pour être heureuse et je ne pense pas que cette ville me permettra d'avoir un avenir meilleur. Cela ne va m'apporter que du stress et des obligations, plus vivre dans des petits espaces alors Hossegor c'est très bien, ça me va. Je veux devenir la première bouchère lesbienne de la région et arborer le drapeau LGBT sur la devanture de ma vitrine !

Stanislas l'écoutait, admiratif.

- Moi je rêve de Paris. Pour être artiste, il faut vivre à Paris…

- N'importe quoi, l'interrompit Apolline. Tu peux être artiste n'importe où ! En plus les parisiens sont snobs. Je t'ai raconté ce qui est arrivé à ma mère quand elle était petite ?

- Non, rigola Stanislas, on se connait depuis moins d'une heure.

- Bref, reprit Apolline, mes grands-parents étaient poissonniers à l'Ecole Militaire, ce tombeau de l'art ethnique. Ils avaient une belle poissonnerie *« Le joyau de l'art gothique »* qui arborait fièrement cinq étals toujours garnis des plus beaux poissons et des plus beaux crustacés que tu puisses imaginer. Ils étaient très riches. La poissonnerie marchait du tonnerre.

Ma mère aimait aider ma grand-mère et à cause de ça elle sentait le poisson. A l'école les enfants ne voulaient pas lui donner la main et se moquaient d'elle. Le pire c'est cependant à cause de la maitresse. Tu sais ce que cette pute a fait ?

Apolline avait les yeux exorbités de

colère. Stanislas ne dit rien, la laissant lui présenter la chose.

- Elle a refusé de prendre l'argent de la coopérative que lui ramenait ma mère sous prétexte que ça sentait le poisson ! Et toute la classe s'est fichu de ma pauvre mère qui, jusqu'à l'adolescence, s'est faite traiter de morue ! Alors que c'était tous des fauchés ! D'ailleurs maman me l'a dit : *« je m'en foutais moi d'être rejetée, j'étais la plus riche, la mieux habillée et j'allais au ski et à la plage tous les ans. Bon après j'ai fait des concessions car je ne voulais pas rester vieille fille : j'ai épousé un boucher ».* Non mais tu te rends compte ? termina Apolline en donnant à Stanislas un grand coup de coude car elle s'était aperçut qu'il somnolait.

- Oui, dit Stanislas qui avait envie de se rouler un joint.

- Tout ça pour te dire qu'on est donc venus ici malgré les protestations du petit vieux qui voulait absolument qu'on s'occupe de son Ship Shop alors que papa fondamentalement il est plutôt MoitiéGro. En plus le type faisait une fixette sur les produits italiens et mon père il n'aime pas la nourriture italienne, il dit toujours que c'est de la bouffe pour fauchés, qu'il a l'impression d'avoir payé le troisième tiers et d'être obligé de manger des pates. Enfin, ils s'engueulent pas mal mes parents à ce sujet car ma mère aime bien les pâtes et …

- Stop ! Il avait hurlé sans le vouloir. Elle lui prenait la tête.

- T'es pas bien de crier comme ça ?

- Tu me fatigue, dit Stanislas.

- Et pourtant je n'ai pas fini mon histoire !

- Hé bien un autre jour !

- Non ! Pas un autre jour !

- Ecoute Apolline, je vais retourner en cours…

Elle l'agrippa par le bras.

- N'empêche que ce vieux il vient se faire soigner les dents chez ton père, le dentiste Kowalski et à chaque fois qu'il a vu ton père il passe voir le mien !

Stanislas ne comprenait plus rien. Il avait besoin d'une cigarette et dit à Apolline :

- On devrait peut-être retourner en classe ? Tu n'as rien sur le dos en plus.

Le soir même de sa discussion avec Apolline, sa mère qui nettoyait le canon d'une carabine se planta devant lui et lui dit :

- Stani, tu vas avoir des cours particuliers de français.

Stanislas regarda attentivement le visage de sa mère, vit qu'elle était déterminée et armée, mais comme il n'avait nullement envie de prendre des cours en plus de ceux du lycée, il tenta :

- J'ai pas envie.

- Comment ça tu n'as pas envie ? riposta sa mère en remontant son arme et cela fit un petit clic quand elle ajusta le canon de la carabine qu'elle pointa sur lui.

- Je ne veux pas prendre de cours de français, tu vas gaspiller ton argent pour rien, dit faiblement Stanislas.

- Parce que tu crois que je te demande ton avis ? ironisa sa mère. Tiens moi ça, lui ordonna-t-elle en lui tendant la carabine.

Stanislas dut s'exécuter.

- C'est une dame. Elle s'appelle mademoiselle Vergnes, continuait sa mère. Elle vient de Paris. Demain, à quinze heures…

- Non, geignit Stanislas, demain j'ai…

- Rien du tout ! J'ai demandé à ton frère de me procurer ton emploi du temps !

- FX sale traite, pensa Stanislas. Et il t'a demandé combien pour me piéger ? son ton comportait une pointe d'agacement.

Sa mère éclata de rire.

- Il a bien négocié, tu le connais.

Stanislas qui tenait toujours la carabine commençait à la trouver lourde et s'assit tout dépité devant la table de la cuisine où il la posa délicatement car il savait sa mère très attachée à ses armes.

- Ecoute Stani, rencontre cette prof de français, fait un premier cours et tu me diras à l'issue de celui-ci si tu veux continuer ou pas, mais c'est comme pour les épinards, tu as le droit de dire que tu n'aimes pas uniquement si tu y as gouté.

Le lendemain, sa mère, les mains encore noires de poudre, s'était à nouveau planté devant lui. Elle tenait cette fois-ci une grosse boite de munitions.

- Stani, tiens-moi ça, lui ordonna-t-elle en lui passant la boite qui était très lourde.

Il venait juste de finir son cours avec Mademoiselle Vergnes. Le coup de foudre. Il avait les yeux dans le vague.

- Qu'est-ce que tu as à sourire bêtement ? lui demanda son père qui venait de rentrer.

- Il a eu cours de français, répondit à sa place FX qui pliait avec soin son journal.

- Alors ça t'a plu ? lui demanda sa mère en s'essuyant les mains à un torchon tellement noir que FX se demandait comment elle pouvait penser qu'elle allait un jour avoir les mains blanches.

Stanislas était amoureux. Il n'entendit pas la question.

- Hey Stani, ça t'as plu ? lui répéta FX en lui donnant une claque dans le dos.

Stanislas prit une mine dépitée.

- J'ai beaucoup de lacunes. Elle est vieille. Elle est sévère. Elle est moche.

- Et moi qui lui avais dit de venir une heure par semaine. Si tu veux elle peut venir deux…

Stanislas fit semblant d'être inquiet.

- Oh maman, l'interrompit-il.

Sa mère, qui n'y vit que du feu, ajouta :

- Deux heures pour commencer et après quand tu te sentiras plus à l'aise on pourra réduire à une heure voire lui dire *bye bye*.

Stanislas eut subitement envie de pleurer à l'idée qu'il ne verrait plus un jour les chaussures plates de mademoiselle Vergnes.

- Je voudrai bien avoir des cours moi aussi. De maths, commença à geindre FX.

- Demande à ton réseau, intervint son père, tu dois bien connaitre un prof de maths, ça nous fera des économies. Déjà que ton frère nous coûte cher avec ses études artistiques à la con !

- Voyons ! s'offusqua sa mère.

Mais son paternel était lancé. Il avait eu une mauvaise journée.

- Ecoute Lydia, ce gosse c'est un investissement sans ROI ! C'est un artiste, il va finir au RSA avec ses petits dessins minables de tapette ! Tu payeras de ta poche les cours, j'ai quelques soucis de trésorerie entre tes fils et tes lubies ! Qu'est-ce que c'est encore que cette carabine ? Ne me dis pas que tu l'as acheté en soldes !

Toujours dans le souvenir de Mademoiselle Vergnes, n'ayant rien entendu, Stanislas adressa à son père un sourire béat et stupide qui eut le don de mettre ce dernier hors de lui.

- Et ça le fait rire en plus ! éructa ce dernier. Non mais FX, regarde-moi le sourire de niais de ton frère, il a l'air gaga ! On dirait le vieux fou à qui j'ai dévitalisé une dent ce matin, un original qui vient de Paris, une sorte de Comte…

FX qui tenait officiellement son père en haute estime (et officieusement le prenait pour un crétin congénital) ne daigna même pas répondre. Il posa une main protectrice sur l'épaule de Stanislas qui devait avoir fumé en cours de français pour être aussi épanoui et souriant au moment de passer à table avec les parents. Il regrettait d'avoir un rendez-vous important à 23 heures car il aurait bien pris de la drogue lui aussi.

Stanislas en effet planait. Il repensait à la jupe légère de Mademoiselle Vergnes, à la courbe de ses seins, à…

- Et puis tu sais qu'il me demande sans cesse de tes nouvelles ce vieux, Lydia ! continuait son père.

- Mais puisque je te dis que je ne le connais pas !

Son père continuait de râler. Sa mère ne disait plus rien, elle s'était retournée vivement, cherchant dans le placard aux provisions de quoi préparer le diner.

FX avait allumé la télé pour suivre les actualités. Son père lui disait quelque chose alors il brancha le casque et prit un air concentré pour ne pas avoir à répondre.

Stanislas posa sa tête dans sa main et regarda son père avec des yeux énamourés (en fait, il le ne voyait pas du tout et pensait à mademoiselle Vergnes mais ce dernier ne pouvait pas le savoir).

- Stani, arrête de me regarder avec tes yeux ou je te colle une baffe, finit-il par lui dire.

- Mais voyons Papa, comment veux-tu qu'il te regarde avec autre chose que ses yeux ? intervient FX en ôtant son casque et en se dirigeant vers la table où sa mère se mit copieusement à lui servir à manger.

Le reste de la soirée resterait brumeux. Stanislas avait l'impression que les gens (son père, sa mère, son frère) lui parlait mais qu'il ne les entendait pas, leurs mots ne voulait rien dire, il avait tour à tour envie de rire à gorge déployée et de pleurer, se repassait le film de son premier cours avec Mademoiselle Vergnes, imaginait des situations, rêvait éveillé.

Cet état hypnotique dura plusieurs jours, ensuite, plus l'heure du deuxième cours approchait, plus il ressentait de l'angoisse, se demandant si elle allait venir ou pas, craignant une annulation de dernière minute. Sa plèvre recommençait à se décoller, il devait voir son médecin un jour où Mademoiselle Vergnes devait lui faire un cours. Il préféra décaler le médecin.

L'automne était bien entamé, il faisait humide. Son corps était composé de couches qui se décollaient comme le papier peint de sa chambre.

Parfois un éclair de lucidité lui vrillait la tête :

« *Réfléchis Stanislas, ce n'est pas possible. Cette histoire ne t'amènera que des complications. C'est un amour impossible. C'est ta prof de français, tu es son élève, chacun sa place. Ce n'est pas raisonnable, ce n'est pas sérieux…*

On n'est pas sérieux quand on a dix-sept ans, dixit Arthur Rimbaud concluait-il ».

ALESIA

Arnaud pressait le pas sur le trottoir de l'avenue du Général Leclerc particulièrement encombré de passants, d'étals de brocantes et même de chanteuses végétariennes qui manifestaient contre la vente de viande devant le magasin britannique *Mark and Spencer*.

- Dire qu'elles ont demandé et obtenu une autorisation de la préfecture pour ça ! s'indigna FX auprès du galeriste.

Il y avait là environ une dizaine de jeunes filles semblant échappées des scouts qui se tenaient par la taille tout en adressant des « *hou hou* » de reproches aux clients qui quittaient l'établissement avec de la viande apparente parmi leurs courses.

Cette manifestation leur fit prendre un retard considérable car Apolline, qui les accompagnait, était ivre.

De plus, on s'en souvient, elle avait pris des champignons avec Stanislas dans les toilettes du sénateur Cassens. C'est donc passablement défoncée qu'elle tira Arnaud par la manche.

- Restez là, dit-elle aux garçons d'un ton qui n'admettait aucune contestation. Regarde ces meufs ! Je ne peux pas accepter ça ! Je règle un truc et on y va.

Arnaud, qui de toute façon avait compris que sa journée était fichue, accéda à sa demande, perdant ainsi de précieuses minutes concernant l'exécution du plan du Comte de Vaudreuil. Apolline s'était approchée d'une des militantes et les jaugeaient.

- C'est des vegans, cria-t-elle à Arnaud, qui ne l'écoutait pas tout en faisant la grimace. Des intégristes, crut-elle bon de lui préciser. Vous défendez quoi au juste comme cause ?demanda-t-elle hypocritement à une militante.

Cette dernière, qui tenait devant elle une pancarte très pédagogique, la tendit sans parler à Apolline.

- Ah ouais quand même, renchérit la jeune fille en s'allumant une cigarette. N'empêche que manger des petits bouts de saucisson avec un verre de vin rouge est quand même bien agréable.

La militante ne répondit pas.

- Et la tranche fine de jambon de Bayonne que tu déchiquettes ou que tu roules autours d'un gressin c'est…mm mm…sans compter les tripoux. Tu connais les tripoux ? Miam miam…

Apolline parlait toute seule tout en semblant s'adresser à l'ensemble des jeunes filles qui se tenaient par la taille tout en continuant de scander des slogans extrêmement violents puisqu'il était question de ne pas manger les animaux.

- Et pourquoi pas arrêter de se laver entre les cuisses ? disait-elle à une jeune fille qui faisait partie du groupe mais avait en charge de tourner la manivelle d'un petit orgue de barbarie dont la musique rajoutait à la cacophonie ambiante, habillant le trottoir d'une touche de rétro. Tout ceci créant une ambiance à l'Edith Piaf pour reprendre les mots de FX. Apolline se retourna vers Arnaud qui était prudemment resté derrière le cordon des jeunes vegans et lui fit un clin d'œil.

Le galeriste s'impatientait. Il songeait au retard pris sur son planning, à cette histoire rocambolesque qui l'avait conduit à accepter d'endosser le rôle d'un jeune homme du Sud-Ouest, artiste et romantique. Le travail de composition confié par le Comte de Vaudreuil ne lui plaisait pas du tout car il ne se sentait pas l'âme d'un acteur.

Il se demandait notamment si, pour avoir l'air romantique, il fallait mieux imiter le regard fiévreux de la grippe ou avoir l'air franchement désolé.

Il prit le parti de tuer le temps en testant l'option numéro une. Il acheta tout d'abord un magnifique poinsettia qu'il offrit ensuite à une jeune vegan. Vu le résultat (la fille avait pris les fleurs, avait souri et était partie sans laisser son numéro de téléphone) il opta pour la mine d'enterrement qui d'ailleurs cadrait très bien avec les préoccupations métaphysiques qui l'assaillait.

(Depuis combien de temps Chiara revoyait-elle Pietro ? Avaient-ils rompu ? Où était passé la clé de la porte de sa galerie ? Quelqu'un avait-il songé à arroser les plantes ? Il lui restait jusqu'à demain midi pour poster le relevé de son compteur d'eau chaude et il se demandait quand il trouverait cinq minutes pour recopier les petits numéros de l'appareil. A quelle heure fermait la Poste ?)

Debout à côté de lui, FX ne se posait aucune question et passait coups de fil sur coups de fil afin d'obtenir des invitations pour la *Fashion Week* qui avait lieu à Paris le lendemain.

Au bout de trois appels, il raccrocha, l'air victorieux : « Je suis en *front row* ! Je vais inviter Lola ! »

Cinq minutes plus tard, il éteignait son téléphone en rageant : Lola avait menacé de le bloquer s'il continuait de l'appeler pour des sorties aussi vaines et puériles. De son côté, Apolline ne désarmait pas.

- Il n'y a pas un seul mec dans vos rangs ? faisait-elle mine de s'inquiéter.

Les jeunes filles continuaient de psalmodier leur incitation au boycott de la viande. Apolline était lancée.

- C'est vrai, c'est logique en même temps. Vous n'aimez pas le saucisson donc pas la moindre petite queue de cochon…C'est dommage…Vous boycottez aussi la queue…de cochon ?

FX qui n'avait plus rien à faire, commençait vraiment à s'amuser. Il reprit son téléphone portable pour enregistrer les élucubrations de la copine de son frère.

- Vous n'êtes pas très causantes les filles… lâcha Apolline.

- Ecoutez mademoiselle, l'interrompit celle qui semblait la chef des vegans, il y a des gens qui ne mangent pas du tout de porc…

- Ils ne savent pas ce qu'ils ratent ! enchaina la jeune fille.

- Il faut respecter les croyances de chacun ! rétorqua la chef des vegans.

- Je crois en la saucisse pur porc, au bœuf et au canard, se raidit Apolline tout en soufflant la fumée de sa cigarette au visage de la chef des vegans.

Celle-ci ne dit rien pour commencer puis finalement, elle prit un air sévère. Elle fronçait les sourcils en regardant Apolline de l'air de quelqu'un d'extrêmement concerné.

On entendit quelqu'un toussoter malgré le vacarme.

Apolline baissa les yeux et vit une petite fille, d'environ cinq ans, collée contre les jambes de la chef des vegans.

- C'est ma petite sœur, la fumée de ta clope la gêne, crut bon de préciser cette dernière.

Apolline répondit du tac au tac :
- Bah j'en ai rien à foutre. J'étais là avant elle de toute façon et on est dans un espace public. Déjà qu'il ne faut pas manger de viande, si en plus on ne peut plus fumer.
- Tu ne te rends pas compte que tout cela est très nocif pour ta santé ? reprit la chef des vegans.
- No…quoi ? répondit Apolline. Sache chérie que tout ce qui est bon est nonotruc pour la santé : l'alcool, la baise, la viande, le sucre, le tabac…
- Laisse-nous tranquilles, intervint une militante.
- Et si j'ai pas envie ?
Arnaud commençait vraiment à s'impatienter. Une vegan lui avait donné un toast tartiné de pate potimarron, asperge, canneberge. Elle lui demandait à présent son avis sur le produit. Arnaud n'eut pas le cœur de lui dire que c'était dégueulasse. Il avait avalé la mixture d'un coup, on aurait pu dire « cul sec » comme il faisait avec l'huile de foie de morue dont sa mère le gavait quand il était petit. En guise de réponse il haussa donc les épaules et entreprit de faire les gros yeux à Apolline. Il ne voyait pas du tout où elle voulait en venir et il avait hâte de passer par sa galerie avant de suivre les directives du Comte.
- Apolline laisses tomber, on y va.

Mais la jeune fille avait décidé d'en découdre. Les militantes se dandinaient sur un pied et ne poussaient plus de « hou hou » quand un client sortait avec de la viande.

- En plus chez Mark and Spencer ils ont de la bonne came. Leurs steaks sont à tomber.
- Ça va ! S'impatientait la chef des vegans.

Apolline se pencha vers la petite sœur :
- En face sur le trottoir il y a un Burger King. Ils servent de délicieux hamburgers pleins de sauce. Tu veux venir avec moi faire un tour ? Il y a même des frites.

Et comme la petite semblait hésiter, elle lui cracha à nouveau sa fumée au visage en lui disant :
- Si tu manges un nugget, je t'offre une glace.
- Arrêtes, s'énervait la chef des vegans.
- J'ai aussi repéré un kebab aux petits oignons, sans compter trois boucheries, franchement cette rue est nickel, dommage qu'il y ait autant de taches.
- Tu cherches quoi au juste ? La bagarre ?
- Et toi ? Tu cherches quoi pour de vrai ? Qu'on bouffe des rutabagas à longueur de mois ?
- La viande rend agressif, la preuve, énonça sentencieusement la chef des vegans.
- Les végétariennes c'est des mal baisées, riposta Apolline. Une fille saine ne peut être épanouie en ne suçant que des poireaux !

Elle était peut-être allée trop loin. A présent l'ensemble des jeunes filles se tenaient derrière la chef des vegans et faisaient bloc, la soutenant moralement et physiquement. Une armée de vegans, songea Arnaud. Une armée de nanas qui ne criaient pas de slogans féministes, la poitrine à l'air, ce qui était bien dommage.

- La production de viande a un coût non négligeable en termes d'impact écologique. Il faut beaucoup d'eau pour élever une vache…

- Y'en a marre du politiquement correct, interrompit Apolline. Je suis charcutière. A chaque fois que je vois une nana anorexique ou qui commande une salade, j'ai envie de lui ouvrir l'arcade sourcilière…

FX songeait que les militantes vegans étaient vraiment trop maigres. Quand on les pelotait, on sentait les os.

- On y va maintenant, s'impatienta Arnaud. Je ne comprends pas du tout ton petit numéro, dit-il en emmenant Apolline sur le trottoir d'en face, laissant derrière elles les vegans satisfaites, comme si justice venait de leur être rendue.

- C'est clair que tu ne peux pas comprendre, lui répondit Apolline qui tirait nerveusement sur sa cigarette. Le marché de l'art te protège de bien des choses…

- N'importe quoi ! rugit Arnaud. Il en avait marre de cette gamine.

- Comment ça n'importe quoi ? reprit Apolline. Quand tu bosses dans ce secteur tu n'es pas obligé de t'intéresser aux misères du monde et à ce fléau qu'est le retour de la morale…

- Je t'avais dit qu'elle pouvait être très pénible quand elle était défoncée, lança FX à Arnaud en les rejoignant au pied de l'église.

Arnaud aimait bien FX. Il l'avait trouvé immédiatement sympathique quand le Comte les avait présentés. Il avait eu plus de mal avec la jeune fille et aucune affinité avec Stanislas qu'il jugeait trop éthéré.

- Non mais ta gueule ! On fait quoi ici au juste ? continuait Apolline.

- On va passer à ma galerie, répondit Arnaud d'un ton autoritaire. J'ai oublié de fermer la porte, Chiara me l'a dit.

- C'est vraiment trop marrant que ce soit ta nana qui nous ai pris en stop, dit en riant FX.

- C'est clair. C'est une sacrée coïncidence. Et qu'elle soit amie avec Cassens aussi…Après la galerie, on va voir Zita de Vaudreuil. N'oubliez pas de m'appeler Stanislas.

- Je n'embrasse pas, cru bon de préciser Apolline.

- Ça me va. Du moment que tu suces, répondit en riant Arnaud.

FX explosa de rire. Apolline était vexée.

- Pas deux fois dans la journée, c'est ça Apolline ? ricanait FX.

- Ta gueule. C'est quoi le plan ?

- Tu vas te coucher le temps de retrouver tes esprits, lui dit FX.

Apolline le foudroya du regard.

- Non sérieusement, je ne me rappelle plus très bien de ce que je dois faire. Arnaud soupira. Lui-même trouvait la situation très étrange. Il avait oublié les trois-quarts des actions à mener. Ils prirent le chemin de la galerie en révisant ce qu'ils devaient faire.

- Je m'appelle Stanislas. Je suis le fils caché du Comte de Vaudreuil. Tu es ma petite amie, dit-il en prenant le bras de FX. Tu es mon frère, dit-il solennellement à Apolline.

La jeune fille acquiesça. FX commençait à vraiment bien s'amuser.

- Et après ?

- Tu m'accompagnes à la galerie. C'est une très belle galerie en sous-sol où je ne reçois que sur rendez-vous. Au fond de cette galerie il y a deux hamacs, un rose et un vert. Tu en choisis un. Tu t'allonges. Tu dors. Tu attends qu'on revienne te chercher pour te renvoyer à tes jambons.

La jeune fille était enchantée.

- Super !

FX fit un clin d'œil à Arnaud.

Il avait raison : autant se débarrasser

d'Apolline qui représentait à leurs yeux un handicap certain.

- Dommage qu'on n'ait pas le temps. J'aurai adoré visiter plus en détail et que tu m'explique les tableaux.

- Après-demain si tu veux, lui répondit Arnaud en souriant.

Quand ils s'éloignèrent tous les deux en riant, après qu'Arnaud eut consciencieusement fermé la porte de sa galerie, ils ignoraient encore qu'ils se dirigeaient vers...

RUE DU BAC

Mademoiselle Vergnes poussa en même temps la porte des toilettes et un cri.
- Tout va bien Véra ? lui demanda en se précipitant le Comte de Vaudreuil.

Il avait accouru aussi vite qu'il avait pu. Ses maigres jambes l'avaient porté en un instant à la rencontre de Mademoiselle Vergnes qui ne lâchait pas la porte malgré les tentatives désespérées d'Apolline pour rabattre celle-ci.

Stanislas, le pantalon aux chevilles, interrompu en plein orgasme, voyait foncer sur lui un vieil homme en costume et aux cheveux blancs. Il était incapable de réagir. Il n'aurait pas eu l'idée de se rhabiller ou de protester.
- Stan, je suis ton père…

Apolline parti d'un fou rire nerveux. Son hystérie emplit le couloir de notes stridentes qui eurent pour effet de faire accourir FX et le sénateur Cassens.

Ce dernier, un verre de whisky à la main, fut scandalisé de la posture où se trouvaient Stanislas et Apolline. Sans doute aussi stupéfaite que son ami, Apolline restait à genoux. Devant les *OH!OH!* outrés de Cassens, elle enfoui même sa tête dans l'entrejambe de Stanislas qui, par réflexe, lui

157

posa la main sur les cheveux.

FX s'aperçut que Cassens bandait. Note pour moi-même, se dit FX, ce type n'aime pas que les petits chiens en jade.

Ils étaient tous plongés dans une sorte de stupeur, certains se connaissant, les autres non. Aucun ne bougeait, ne parlait. On aurait pu découper le silence au couteau. Le temps semblait suspendu. Se rencontrer en de telles circonstances permettait cependant de briser la glace bien plus rapidement qu'à l'ordinaire. Subitement la sonnerie de la porte retentit.

La petite bonne, qui devait espionner, ne se précipitait pas pour ouvrir. Les coups de sonnette répétés les firent peu à peu sortir de leur léthargie.

FX passa raide comme la justice devant Mademoiselle Vergnes et lui arracha la porte des mains qu'il referma illico sur Apolline et Stanislas.

- Termine, ordonna-t-il à son frère à travers la porte. Sinon ça fait mal.

Puis il se tourna vers Mademoiselle Vergnes :

- Mais qu'est-ce que vous fichez ici, vous ?

D'autorité il passa son bras sous celui du professeur de français dont les yeux s'embuaient de larmes.

- Pas de ça Véra, lui ordonna-t-il en lui pinçant le poignet. Si vous vous donnez en spectacle chez le sénateur, ma mère vous vire en deux temps trois mouvements. Allez, zou, tous au salon ! On ne va pas tenir la chandelle non plus !

Et tous lui obéirent car il avait parlé comme un leader. Même le Comte ne remit pas en cause son autorité. Le sénateur Cassens s'était approché de FX et lui dit :

- C'est tout de même très inconvenant cette histoire…

- Il y a quelqu'un qui vient d'arriver chez vous, le coupa FX. Et si nous allions l'accueillir.

Arnaud venait de passer le seuil de la porte, un tableau sous chaque bras.

- Ah cher ami, lui dit le sénateur Cassens redevenu mondain en un clin d'œil, je ne vous attendais pas cet après-midi ! Quelle bonne nouvelle ! Comme je suis content de vous voir ! Vous me sauvez, lui souffla-t-il à l'oreille en lui tombant presque dans les bras.

- Vous savez que je tiens toujours mes promesses, lui répondit Arnaud qui ne s'était pas aperçu de la présence du Comte de Vaudreuil et de Mademoiselle Vergnes.

Cette dernière s'était en effet cachée, accotée au mur, dans un recoin du salon, cherchant du réconfort auprès de la tapisserie. FX l'avait abandonnée, curieux du nouveau venu. Quant au Comte, il s'était caché derrière la bibliothèque, de sorte qu'Arnaud ne le vit pas tout de suite quand il entra. Le galeriste déposait les toiles qu'il livrait contre un des murs quand le Comte lui tapa sur l'épaule. Arnaud se retourna et eu un sursaut de frayeur.

- En effet, on ne vous attendait pas ici, lui dit le Comte d'un air sévère.

Arnaud était déboussolé.

- Mais…mais…qu'est-ce que vous faites là ?
- Vous vous connaissez ? intervint Cassens. Tant mieux, je déteste faire les présentations. Monsieur est venu me faire une petite visite surprise après que je l'eusse informé de la venue impromptue de ce délicieux chenapan, compléta-t-il en désignant FX qui, pour se donner une contenance face à tous ces adultes, venait d'allumer un cigarillo.

- Enchanté, FX Kowalski, se présenta-t-il de lui-même.

Arnaud et FX échangèrent une poignée de main sous les regards hagards des autres invités. Je me sens comme l'ambassadeur de l'Onu, songeait FX. J'ai l'impression d'avoir fait une gaffe, pensait Arnaud. Malgré leur rencontre chaleureuse, Arnaud ressentait une hostilité générale. Le sénateur tout à sa logique mondaine expliquait la situation au Comte et à FX :

- Arnaud est mon galeriste préféré. Je lui achète fréquemment des œuvres d'art. Il a un goût sûr et il est toujours de bon conseil. Là je lui ai commandé deux lithographies s'inspirant du tableau Olympia de Manet. Bien sûr ce n'est pas lui qui dessine, il est galeriste pas artiste AH ! AH ! AH ! (son mot d'esprit ne fit rire que lui). Un de ses peintres a eu la gentillesse de m'en céder deux. C'est pour les offrir à ma fille, Claire, dont la performance au musée d'Orsay a été un réel succès. Je voulais marquer le coup.

- Quelle performance ? demanda le Comte de Vaudreuil. Je croyais que Claire poursuivait un MBA en relations diplomatiques à l'université de Washington.

- L'un n'empêche pas l'autre mon cher ami, riposta Cassens. Ma fille aime l'art et elle a des choses à dire. Elle a posé à côté de l'Origine du monde de Courbet et …

- Ah ouais, elle a paradé à poil et a montré son vagin aux caméras, intervint avec une moue dubitative Apolline qui rejoignait le salon en s'essuyant la bouche. J'ai vu ça aux actualités c'était…

- Génial ! la coupa FX qui revenait du bar avec quatre verres : un pour Arnaud, un pour le Comte et deux pour lui. Par cette réinterprétation Claire nous a reconnectés à nos émotions face à l'œuvre d'art en question. Elle nous a sorti de notre passivité tout en défiant l'institution. Quand je serai élu, j'espère qu'elle sera dans mon équipe. Je la parachuterai à la Culture. C'est bien votre fille sénateur, conclu-t-il en mimant une sorte de

161

révérence à l'attention de Cassens, elle a démontré par a plus b que la nudité pouvait être politique.

Tous l'écoutaient bouche bée, sauf Apolline qui lui tira la langue. En guise de réponse il haussa les épaules puis entreprit de la narguer en parodiant une fellation. Il faisait aller et venir son poing serré près de sa joue droite qu'il avait gonflé de façon évocatrice. Ce mime délicat ne dura que quelques secondes.

Il fut cependant perçu et compris par l'assemblée, à l'exception d'Arnaud qui venait d'arriver et qu'on n'avait par conséquent pas encore mis au parfum. Souhaitant rester dans le registre de la communication non verbale, Cassens lui adressa un mouvement de moulin à hauteur de sa tempe qui signifiait *« je vous expliquerai le schmilblick plus tard »* qui fut compris par l'intéressé comme *« ce gamin est un peu fou »*.

- Comment savez-vous tout cela ? demanda Arnaud à FX en le vouvoyant instinctivement, signifiant ainsi à l'ado qu'il le considérait comme son égal.

- Claire est venue en février manifester contre la préfecture avec des amies qui portaient des fleurs dans les cheveux et pas de soutien-gorge. Nous avons beaucoup échangé. Dialectiquement parlant, je suis opposé à l'utilisation du foie de veau pour symboliser un fœtus mais c'est peut-être parce que je suis jeune.

Son projet est principalement didactique, éclairant sur les turpitudes actuelles. Elle dénonce l'objectivation de la femme, la récupération des idéaux conceptuels. Elle se bat pour que l'art contemporain continue d'avoir quelque chose à véhiculer et reste en situation de clivage avec l'establishment. Son combat est de veiller à ce qu'il ne devienne pas une activité lucrative vide de sens.

Apolline rota. Arnaud était emballé.

- Il faut absolument que je la rencontre !

- C'est vrai, admit Cassens, ma fille a de grands projets. Et un grand esprit. C'est parce qu'elle a fait l'Ecole Alsacienne et Paris Dauphine. Elle a failli rentrer à Sciences-Po mais sa mère a déménagé à Pont-à-Mousson pour se rapprocher du fournisseur de petits chiens en jade alors c'était compliqué. Claire ne peut pas à la fois veiller sur ma collection, se battre pour l'art et suivre une scolarité normale. Pauvre petite ! Elle m'a raconté avoir bénéficié d'un accueil formidable dans votre propriété. Saluez bien votre maman, Lydia, pour moi.

A l'évocation du prénom de madame Kowalski, le Comte de Vaudreuil laissa choir son verre qui se brisa en mille morceaux. Cassens eu un petit rire.

- Encore, cher Vaudreuil ? Depuis le temps ?

Et il sonna pour demander à la bonne de réparer les dégâts. FX semblait avoir reçu un choc électrique. Ses traits s'étaient durcis :

- C'est vous, Vaudreuil ? Le fada des boites de raviolis ?

- Sans déconner ? rajouta Apolline.

- Oui, répondit benoitement le Comte.

Sans s'occuper d'FX et d'Apolline il reprit s'adressant à Arnaud :

- Tout ceci n'explique pas pourquoi vous êtes ici et non à Bagatelle en train de tenir compagnie à ma femme ?

Arnaud n'eut pas le temps de répondre :

- Il y a des gens qui travaillent, avait répondu FX sur un ton vif, et qui n'ont pas forcément une âme de gigolo ou de salopard comme vous !

- Voyons FX ! Cassens avait failli s'étouffer avec les glaçons de son whisky.

- Ce type, continuait FX en guise de justification, en s'adressant à l'assemblée sur un ton mélodramatique, ce type a fait un enfant, mon frère, à ma mère, à l'insu de mon père et cela a complétement bousculé nos existences, les dévastant, les…les…les mots me manquent pour exprimer le bordel que son coup de queue a créé ! Grand maximum trente secondes de plaisir pour quatre existences gâchées ! Ça n'existait pas les capotes à votre époque, pépé ? Forcément il n'a plus jamais donné de nouvelles ! Nous n'avons appris son existence, Stanislas et moi, que par le plus grand des hasards, parce que j'avais besoin d'une dent de lait.

- Ah mais oui, intervint Apolline qui saignait du nez, c'est ça ! C'est lui ! C'est le vieux qui vient chez ton père, FX, pour se faire soigner les dents et qui ensuite vient nous acheter du confit de canard ! C'est pour lui que papa et maman ont failli travailler à Paris ! Il vient tout le temps à Hossegor !

- Mais pourquoi aviez-vous besoin d'une dent de lait ? demanda Arnaud à FX.

Ce dernier ne répondait pas. Il laissait s'exprimer tout son ressentiment à l'égard du Comte de Vaudreuil.

- A cause de vous, mon frère que j'adore est devenu mon demi-frère ! Vous ne pouvez pas comprendre ! Je ne vénère que les liens du sang ! Et à cause de vous, Stanislas est entré dans la catégorie des autres, de ceux qui ne sont pas de ma famille et avec lesquels j'entretiens une relation polie mais distanciée ! Mon frère, mon Stani que j'adore, mon futur artiste fauché que je vais devoir entretenir jusqu'à sa mort, n'est plus mon frère c'est mon demi-frère ! Je vous déteste !

FX sanglotait à la surprise générale. Il tremblait même, tout vibrant d'émotion, de rage froide, de questionnements intérieurs sans réponse, d'autant plus qu'il ne posait

165

aucune question au Comte. Il se laissa choir dans un fauteuil club et après avoir bu une bonne gorgée de whisky et tiré une grosse bouffée sur son cigare sans que personne n'ose prononcer un mot :

- Nous étions si tranquilles à Hossegor. Moi faisant de la politique, maman tirant sur les oiseaux. Stanislas amoureux de celle-ci, poursuivait-il en désignant du menton Apolline, et de celle-là, compléta-t-il en montrant du doigt Mademoiselle Vergnes. On allait au foot, on faisait du vélo, on surfait. C'était mon grand frère avec qui j'aimais passer du temps. Mon Stanislas à moi.

Mademoiselle Vergnes qui sanglotait sans bruit renifla bruyamment. Elle se dirigea vers le Comte qui était resté stoïque face à la litanie de FX. Elle se blottit dans le cou du vieil homme pour y pleurer plus à son aise.

- Vous êtes qui au juste ? demanda FX.

- Et pourquoi vous êtes ici avec ma prof de français ? renchérit Stanislas qui venait de rejoindre le groupe.

- Stanislas, dit alors Arnaud sur le ton de l'évidence, vous saignez du nez. Et votre amie aussi, ajouta-t-il en désignant Apolline qui se mouchait justement dans une nappe. Tous les regards se tournèrent vers le galeriste. Stanislas, à moitié dans les vapes, essuya son sang avec ses doigts et dit :

- On se connait ?

- Vous avez une cape, constata alors Cassens qui venait de s'apercevoir que l'accoutrement d'Arnaud était inhabituel.

- Pas le temps de me changer. Demandez-leur pourquoi, répondit Arnaud en se tournant vers le Comte et Mademoiselle Vergnes.

Ces derniers sentirent le poids de cinq paires d'yeux qui dardaient leurs interrogations à la façon d'épées. Un véritable interrogatoire implicite était livré par ces prunelles inquiètes. La conscience troublée de Stanislas que la prise de champignons hallucinogènes achevait de confondre, glissa peu à peu vers l'illogisme le plus complet, assaisonnée d'une grande fatigue. Il était envahi d'une profonde envie de dormir, concomitante à l'orgasme de folie qu'il venait de ressentir avec Apolline. Dans dix minutes, il aurait envie de recommencer.

- FX, j'ai sommeil, dit-il à son frère.

A cet instant, la petite bonne vietnamienne entra dans la pièce avec une balayette en inox pour nettoyer les débris de verre. Stanislas eu la vision très nette d'un rat argenté qui se faufilait entre leurs pieds et qui sautait en l'air. Il était tétanisé. Ce rat était d'une taille inhabituelle, horrible, avec des dents énormes et dangereuses. Ses moustaches étaient pointues et acérées comme des lames. Il fallait absolument lui échapper car on ne pouvait pas le tuer. La petite bonne (qui avait quitté la pièce) avait certainement finie dévorée par le monstre. Mû à la fois par son côté protecteur et ses sentiments amoureux, décuplés par la prise de stupéfiants, Stanislas saisit par la taille Mademoiselle Vergnes et Apolline. Il tenta vainement de les entrainer hors de la pièce, loin du monstre, mais elles résistaient.

- FX sauve-toi ! hurlait-il à son frère.

- Qu'est-ce que tu branle ? lui répondait ce dernier.

- Je nous sauve la vie. On va partir loin !

- Où ça ? demandèrent en chœur Apolline et Mademoiselle Vergnes.

- Vers les Maldives, répondit Stanislas.

Les femmes se mirent à crier. FX semblait d'accord.

- Ok pour les Maldives. N'est-ce pas monsieur le sénateur ?

Ce dernier semblait décontenancé par l'évolution de la situation.

- Les Mal…quoi ? balbutia-t-il.

- Les Maldives, redirent en chœur Arnaud, Apolline, Mademoiselle Vergnes, Stanislas et le Comte.

- Bien sûr.

- Vous ne savez pas où c'est ? répétait Stanislas en boucle, coincé dans sa logique.

Heureusement que toutes ses réceptions ne dérapaient pas de la sorte. Cassens avait bu trop de whiskys en plus.

- Arrête de me demander ça mon petit, lui répondit-il enfin sur le ton de la bienveillance. Je ne sais pas où c'est. Ce n'est pas moi qui range ici. Et il suivi le mouvement en s'avachissant totalement sur le canapé bien qu'il ne soit ni ivre ni défoncé.

A ses pieds, Stanislas et Apolline rampaient sur le tapis. Mademoiselle Vergnes était tombée face à lui, en travers d'un fauteuil, les jupes remontées jusqu'au nombril, le Comte la tête sur ses genoux. FX, furibard, juché sur la console qu'il avait ramenée de Bavière, bombardait le vieux Comte avec les petits chiens en jade qui rebondissaient sur le paquet bruyamment comme si on tirait des coups de fusil. C'était n'importe quoi. Mais la décadence des élites reste subversive, se disait le sénateur. Il appela à nouveau la bonne car ils risquaient de se trouver à court de whisky.

Dans le brouhaha qui l'entourait il distingua qu'elle lui exposait qu'il était tard. Qu'elle aille donc au Ship Shop de l'Ecole Militaire, c'était certainement encore ouvert.

RUE DE RENNES

Stanislas,
Je t'aime.
Adieu.
Cet amour est impossible.
Qu'il plane sur nous en silence et en secret.
Ne sois pas triste.

Dans un an, tu y repenseras avec nostalgie.
Dans cinq ans, si tu t'en souviens, ce sera avec un peu plus de détachement.
Et puis le temps fera son œuvre, tu aimeras, désaimeras, aimera à nouveau.

C'est d'une fille jeune et intelligente dont tu as besoin, Stanislas.
C'est à quelqu'un qui pourra te donner des enfants que tu dois te lier, mon amour.

Je ne me fais aucune illusion sur notre avenir.
L'amour a un début, un milieu, une fin.
Le désir dure ce que dure les roses : il y a le germe, l'éclosion, l'apogée et le déclin.

Tu es sans doute bien jeune pour comprendre ma décision.

Tu vis dans le moment présent, tu te crois éternel. Tu vois le fait de m'aimer comme un dilemme et une transgression.

Nous aurions sans doute pu vivre ensemble une aventure agréable. Mais cela ne nous aurait pas suffi, nous savons toi et moi que notre nature exigeante nous aurai conduit vers une « histoire ». Combien de temps cela aurait-il duré ?

Nous ne le saurons jamais, nous avons donc la liberté rare de continuer à rêver.

Si tu as des regrets, dis-toi que dans un sens nous nous aimerons pour l'éternité. Jamais nous ne connaitrons l'érosion du désir, la trahison et le désamour.

Efface donc de ton cœur et de ton cerveau nos souvenirs. Renonçons à nous.

Je pressens que cela ne sera pas facile mais il n'y a aucune raison pour que nous n'y arrivions pas. La chair mourra en premier puis le cœur brisera ses chaines et nous retrouverons la sérénité.

Stanislas, ne crois pas que j'ai joué ou que je t'ai menti. Sensible et intelligent comme tu l'es, la vie te prépare de nombreuses épreuves. Je serais une piètre enseignante si je ne pensais qu'à moi et n'allait pas, en quelque sorte, au bout de ma mission éducative.

Promets-moi de garder à l'esprit que je ne serai pas ton dernier chagrin ni ton dernier renoncement. Si c'est trop dur essaie de me trouver un défaut insurmontable ou au contraire de me sublimer comme si j'étais une personnalité que de toute façon tu n'aurais jamais pu rencontrer pour de vrai.

Je vais continuer ma vie.
Peut-être que je vais aimer et être aimée par quelqu'un d'autre. Peut-être que je finirai seule. Peut-être que je serai heureuse ou malheureuse. Cela ne te concerne plus.

De ton côté tu vas continuer aussi.
Comme je te l'ai déjà dit, tu connaîtras d'autres joies, d'autres peines, d'autres espoirs réalisés ou déçus auxquels je ne serai liée ni de près ni de loin.

Un jour tu seras père. Un jour, tu t'inquiéteras davantage pour quelqu'un d'autre que toi. Et puis un jour, toutes ces histoires de sentiments, de rêves, tous ces regrets, ces attentes, seront derrière toi. Tu seras à ton tour un vieux monsieur.

Je deviendrai alors pour toi une aventure amusante liée à ton passé. Et tu seras ému car je serai devenue un souvenir de jeunesse.

Songe mon amour que dans vingt ans, tu n'auras même pas atteint mon âge.
Tandis que moi, Stanislas, dans vingt ans, peut-être que je ne serai plus de ce monde.
De toute façon, même si je suis toujours vivante, je n'aurai plus rien à voir avec la Mademoiselle Vergnes que tu connais donc ce sera comme si j'étais morte.

Oh Stanislas ! Comme je t'ai aimé et comme je t'aime encore. Hélas, nous avons déjà été tout l'un pour l'autre. Nous ne pourrons pas être plus. Nous pourrons seulement être moins.

Je suis l'ainée, j'ai vécu plus longtemps alors je te le dis : tout était perdu d'avance. Déjà nos âges posaient problème. Je suis née trop tôt et toi trop tard.

Si nous nous entêtons viendra un temps où nous ne pourrons plus nous appartenir. Dans dix ans, ton problème ce sera ma gueule, mon utérus et mes artères. Et même si tu dépasses tes frustrations bien légitimes, viendra un temps où tu t'inquiéteras plus que de raison pour moi. Viendra un temps où tu te transformeras en garde-malade et non plus en amant. Mon cœur ne peut s'y résoudre. Je refuse que tu sois celui qui me fermera les yeux. Rendez-vous dans une autre vie, peut-être.

Nous ne sommes pas différents des autres êtres humains. Nous croyions vivre une histoire d'amour exceptionnelle mais elle ne l'était pas.

Te quitter n'est pas une chose facile. Mais qui a dit que la vie était facile ? Tout dans l'existence n'est que perte et renoncement.

Vieillir c'est voir partir lentement, avec impuissance, tous ceux que tu aimes. Alors, pour une fois, c'est moi qui pars. C'est mieux comme ça.

Nous allons vivre en parallèle comme le font très bien des milliards de personnes depuis la nuit des temps.

Je compte sur le souvenir de l'amour que tu as éprouvé pour moi pour ne pas chercher à me retrouver, ni tenter de savoir ce que je suis devenue.

Car ce soir Stanislas, quand tu liras cette lettre, je serai loin de toi pour toujours. Je ne reviendrai jamais à Hossegor. Je mettrais tout en œuvre pour que plus jamais tu n'entendes le son de ma voix.

Un jour tu m'as écrit une lettre où tu m'as dit que nous manquions de temps. C'est vrai, le Temps était notre pire ennemi.

J'en parle au passé car je suis heureuse de l'avoir défié en ta compagnie un instant, quelques heures, quelques semaines, quelques mois.

A l'aune de l'éternité, cela compte pour rien je t'assure.

Seulement voici le temps de remettre les pendules à l'heure. C'était écrit, comme on dit.

Aussi, maintenant, nous devons aller vers la poursuite de nos existences, vers l'avenir, si nous voulons espérer atteindre un petit peu de bonheur.

Mademoiselle Véra Vergnes.

BAGATELLE

Zita de Vaudreuil n'avait jamais été belle. Elle avait toujours eu cet air revêche et hargneux qui c'était simplement accentué avec l'âge.

Sa méchanceté intérieure rejaillissait sur son visage de fouine. Elle devait bien avoir dans les quatre-vingt ans. Assis face à elle dans le petit salon de thé du parc de Bagatelle, Arnaud et FX dégustaient sans plaisir leurs chocolats chauds. Si le cadre agréable du lieu les avait tout d'abord rassérénés, la discussion qu'ils venaient d'avoir avec la Comtesse leur faisait désirer d'abréger au plus vite ce rendez-vous.

C'est dommage, songeait Arnaud, *c'est un lieu que j'aurai aimé connaitre dans d'autres circonstances, je serai bien venu ici avec des clients, c'est super chic et ce n'est pas cher.*

Il aimait la porcelaine fine, les nappes brodées, les petits gâteaux. Il avait l'impression de jouer à la dinette. Vraiment dommage que la Comtesse lui ai gâché le plaisir lié à cet endroit cosy qui possédait même une cheminée et ressemblait à une écurie aménagée en boudoir pastel.

- Tiens, dit Arnaud à FX, l'expresso ne coûte que trois euros.

- C'est horriblement cher ! se récria FX.

- Pas vraiment, lui dit Arnaud. C'est les prix.

- A Hossegor, l'expresso coûte un euro dix.

- Oui mais c'est Hossegor.

Zita de Vaudreuil était répugnante. Même FX qui ne perdait pourtant pas une occasion d'élargir son cercle de connaissances mondaines ne rêvait que de s'en aller. Il consultait à intervalles réguliers l'écran de son téléphone, espérant un appel libérateur.

Bien qu'il sache que c'était une bêtise, il envoya un sms à Lola. Son binôme de biologie lui avait pourtant demandé d'arrêter de la contacter sous des prétextes futiles. Désemparé par la tournure des événements, FX débuta malgré tout une conversation de haute volée intellectuelle à la fois pour se donner une contenance (n'était-ce pas lui l'ado constamment *surbooké* ?) et pour ne pas communiquer avec Zita de Vaudreuil qu'il ne sentait pas (bien que son odeur corporelle, ainsi que les avait prévenus le Comte soit assez difficile à supporter).

FX
15:05
Ça va ?
20min. Sms

- Vous dites que c'est vous Stanislas, disait la Comtesse de Vaudreuil à Arnaud. Je vous imaginais plus jeune. Mon mari m'a sérieusement trompé en 1994-1995 avec une intrigante qui aimait les fusils à pompe. Quel âge avez-vous ?

Prends-moi pour une quiche, je t'ai déjà vu, tu es galeriste à Montparnasse.

- Dix-sept ans, répondit Arnaud qui se remémorait les indications du Comte
.
Toujours sympa d'avoir dix ans de moins.

- Je vous aurai cru plus vieux…La Comtesse mit ses lunettes. Et ça ne vous gêne pas de venir me déranger pendant mon goûter, petit batard ?

Petit enculé tu crois que je vais avaler tes salades. Si je pouvais je te défigurerai à coups de canne. Dégage.

Elle s'était adressée à Arnaud d'un ton doucereux qui n'atténuait en rien la méchanceté de la remarque. Arnaud décida de rester dans son personnage.
- Madame, je sais que votre colère est grande surtout depuis l'accident qui est arrivé à votre fils…
En fait son fils est mort d'une cuite dans une coupe à champagne géante, sur

scène, dans les bras d'une call girl. Il a glissé au fond du verre. Il s'est noyé.

- Martin…Martin de Vaudreuil. Le seul, l'unique et irremplaçable Comte de Vaudreuil. Mon mari me prend vraiment pour une imbécile.

J'hésite à te payer plus cher pour lui rendre la monnaie de sa pièce.

Arnaud ne dit rien. La Comtesse allait parler quand le téléphone de FX se mit à vibrer. Lola répondait.

Lola
15:25
Oui.
1 min. SMS

- Quand Martin nous a quittés l'été dernier j'ai cru que la terre s'ouvrait sous mes pieds.
- Je comprends, dit Arnaud, je…

Oh, la, la, il y a pire mort que de mourir d'une overdose de champagne en compagnie d'une femme à poil.

Martin de Vaudreuil est mort comme il a vécu : dans le plaisir.

FX
15:26
Je prends un chocolat chaud au parc de Bagatelle avec un ami galeriste parisien et une Comtesse. Tu te rends compte ?
1 min. SMS

Lola
15:27
M'en fous.
1 min. SMS

- Qu'est-ce que vous pouvez y comprendre ? Vous avez dix-sept ans et pas d'enfant que je sache ! Et puis vous êtes un homme.

Je commence à en avoir assez. Qu'ils partent !

- Je vous assure que je comprends tout à fait, insista Arnaud. Je n'ai certes pas votre vécu mais je me mets à votre place en tant que mère.

Bon je ne sais plus quoi lui dire moi à cette dame. Ce n'est pas tout ça, j'ai du travail, j'aimerai retourner à ma galerie. C'est une bêtise d'avoir laissée Apolline toute seule là-bas. Je n'ai pas confiance. Si elle pète un plomb elle serait capable de massacrer mes tableaux. Je dois absolument abréger cette entrevue.

FX
15:28
Tu as tort, c'est très intéressant. Mon ami fait croire à la Comtesse qu'il est le fils d'un Comte parce que sinon la Comtesse qui n'est pas commode risque de causer de gros soucis à mon frère.
29 min. SMS

FX
15:32
Mais ce n'est pas grave parce que mon frère est protégé. Jamais la Comtesse ne le rencontrera. A la place il a payé un galeriste qui se fait passer pour son fils en échange de 20 000 euros. C'est pas mal, qu'en penses-tu ?
25 m. SMS

- Je suis très heureux de vous rencontrer madame, continuait Arnaud. Je souhaitais agir de façon totalement transparente et vous assurer que je ne me rapprocherai pas du Comte pour son titre ou son argent. Cependant puisqu'il n'a plus que moi comme fils…
- Vous pouvez arrêter de toujours parler de vous ? Vous ! Vous ! Vous ! C'est très mal élevé ! Je suppose que vous êtes le fils de la gamine. Comment s'appelait-elle déjà ?

181

Elle s'appelait Lydia. Elle était blonde, maigre avec des yeux marrons. Elle devait garder mon fils Martin quand je sortais, le promener au parc, l'aider à faire ses devoirs, lui donner son bain et le faire manger avant de le coucher. C'était une baby-sitter hyper nulle. Je voulais la renvoyer mais mon mari ne voulait pas. Elle avait d'autres talents…

Lola
15:57
Je ne comprends rien quand tu écris
1 min. SMS

- Apolline, répondit sans ciller Arnaud. Et elle est toujours vivante, bien heureuse à Hossegor.
- Elle ne voit plus mon mari ?

Lola
15:58
T'es vraiment à Paris ?
1min. SMS

FX
15:59
Bah oui.
15min. SMS

- Voyons Apolline est mariée et n'a pas vu votre époux depuis ma naissance !

Ça me fait bizarre de dire ça ! Ma maman s'appelle Camille. A l'heure qu'il est, elle est en Lorraine en train de faire ses mots croisés ! Je l'aurai bien invitée ici !

- Je me souviens d'elle c'était une brave fille un peu mystérieuse.

Une sacrée hypocrite ! Ce n'est pas le loup qu'elle voulait voir cette garce, c'était la meute. Lydia. Lydia.

Lola
16:14
Prouve-moi que t'es à Paris. Envoie-moi une photo de la Tour Eiffel.
1 min. SMS

La conversation restait mondaine mais on tournait en rond.

FX
16:15
Les instructions du Comte sont de mettre sa femme dans les meilleures dispositions à l'égard de Stanislas pour qu'elle permette au Comte de se rapprocher d'Hossegor.

1min. SMS

- Enfin c'est un peu tard pour me demander mon autorisation pour vivre. Vous êtes là, vous faites ce que vous voulez de votre vie et moi de la mienne. Cela ne me ramènera pas Martin.

Arnaud était tout sourire.

Lola
16:16
Mais je te dis que je m'en fous ! Je veux une photo de la Tour Eiffel !
1 min. SMS

FX
16 :17
Martin de Vaudreuil était un jet-setter qui a épousé une mexicaine. Ils ont eu trois enfants. Il est mort noyé dans une coupe à champagne géante alors qu'il participait à un numéro sur scène en compagnie d'une femme toute nue qui ne savait pas nager.
7 min. SMS

FX
16:20
Le plus triste c'est qu'Martin savait très bien nager ! Il y est resté alors que la gonzesse a juste été bonne pour un coma éthylique !
6 min. SMS

Bon je suis content que vous le preniez comme ça.

FX
16:21
Ce que je ne comprends pas c'est pourquoi le Comte a pris autant de précautions vis-à-vis de sa vieille épouse. Pourquoi faut-il user d'un stratagème aussi compliqué et coûteux : faire passer un inconnu pour le fils du comte ?
5 min. SMS

Lola
16:22
Je ne comprends rien mais alors rien à tes messages
1 min. SMS

- Vous me dites que vous venez au dîner funéraire demain ? reprit la Comtesse en émiettant sa brioche entre ses doigts.
- Oui, tout à fait, répondit Arnaud.

On va enfin pouvoir abréger ce supplice chinois. Je veux retourner au plus vite à ma galerie.

- Et vous viendrez avec votre ami ? demanda encore la Comtesse.
      Elle regardait avec attention FX qui tapotait sur son écran pour répondre à Lola.

C'était lui le vrai fils Vaudreuil ! C'était lui l'enfant de la chiadasse ! Il ressemblait à Martin ! C'était le petit frère de Martin ! Il fallait absolument s'en débarrasser ! Faire comprendre au Comte ce que c'était que de perdre son enfant, la chair de sa chair !

Zita de Vaudreuil était décidée. On la prenait pour une imbécile, elle allait agir.
- Bien sûr !

FX
16:23
Ils ont perdu un fils de vingt-cinq ans. Tu te souviens de Martin de Vaudreuil qu'on voyait toujours en couverture de Paris Match ou de Point de vue ?
4 min. SMS

Lola
16:24
C'est toi qui lis ça FX. Pas moi.
3 minutes. SMS

Lola
16:25
Et puis je t'ai déjà dit que je m'en fous !
2 min. SMS

Les deux jeunes hommes prirent congé de la Comtesse. FX avala en vitesse son chocolat chaud. Il était contrarié par Lola. Elle n'arrêtait pas de le malmener, de lui parler comme s'il était débile. Par dépit, il prit la décision de la bloquer ne recevant pas ainsi son dernier sms.

Lola
17:58
Fais attention. On ne se remet pas de la perte d'un enfant comme ça. Si ça se trouve elle est folle de douleur et ne pense qu'à se venger.
1 jour. SMS

RUE DE RENNES

Stanislas lisait et relisait la lettre de mademoiselle Vergnes. Il n'était absolument pas d'accord avec son contenu. Encore une fois elle le traitait en enfant ou au mieux en homme soumis n'ayant pas compris qu'il avait son libre arbitre et son mot à dire.

Dans une relation on est deux, songeait Stanislas, bien que pour lui cet adage ne fonctionne que dans son sens : ce que lui désirait. Il était bien sûr exclu que Mademoiselle Vergnes refasse sa vie avec qui que ce soit !

La jalousie et l'agacement se disputaient à l'envie dans sa tête. Il avait la certitude qu'il vaincrait une à une toutes ses réticences. Il voulait cette femme et il l'aurait !

Il ne songeait nullement à l'avis de son entourage pour le moment. Dans l'esprit de Stanislas la relation pouvait rester secrète pour commencer même s'il savait qu'il ne fléchirait pas au moment d'assumer ses choix. Lui qui était si inconstant, si « artiste » comme disait son père, ne lâcherait rien. En relisant la lettre de Mademoiselle Vergnes, Stanislas se dit qu'il allait partir en croisade et la conquérir définitivement, ne serait–ce que pour la guérir de sa mélancolie chronique !

Mademoiselle Vergnes pouvait être d'un morbide parfois ! Cette image effarante de lui fermer les yeux ! A croire qu'elle était aux portes de la mort ! A croire qu'elle avait cent deux ans ! Une vraie boloss, quand elle s'y mettait ! Quelle idée de disparaitre à jamais de sa vie ! Elle avait vraiment le sens du drame *! Véra, I will always love you…*

Et cette histoire de future paternité ! Rien qu'à l'évocation de cette situation, Stanislas avait des sueurs froides ainsi que des envies de vomir.

C'est d'ailleurs ce qu'il fit. Il gerba sur la bibliothèque en acajou tous les whiskys qu'il avait bus avec FX et le sénateur. Après quoi, il entreprit de chercher la salle de bain dans l'immense appartement. Il ne la trouva pas et cela rajouta à son découragement. Les événements s'étaient enchainés rapidement.

Après la visite d'Arnaud, celui-ci était reparti avec FX et Apolline pour leurrer Zita de Vaudreuil.

Un plan prévu par le Comte pour ménager sa femme et auquel Stanislas n'avait compris ni la raison ni la finalité. Il était resté avec le Comte et Mademoiselle Vergnes. Bien qu'il s'agisse alors de la première rencontre avec son père biologique, Stanislas ne pensait qu'à se retrouver seul avec elle.

189

A cet instant, il n'osait regarder en face le visage baigné de larmes de son professeur de français. Il éprouvait à la fois une sorte de honte et une espèce de fierté qu'il ne s'expliquait pas. Il ressentait conjointement un soulagement et une libération.

Il avait brisé ses chaines. Invisibles, elles n'en avaient pas pour le moins existé. La loyauté inconsciente qu'il avait portée à Véra Vergnes dès le premier jour où il avait fait l'amour avec elle, l'avait en quelque sorte emprisonné mentalement.

Coucher avec Apolline dans les toilettes du sénateur ne voulait à la fois rien et tout dire. Il n'aurait jamais cru qu'il se comporterait avec elle de la sorte. Il n'aurait jamais envisagé que l'infidélité soit l'attitude idoine face à ses doutes. Pourtant c'était ce qui venait d'arriver. *Comme la vie est étrange et les événements imprévisibles !*

A présent, il était sûr et certain de ses sentiments. Ce que Stanislas voulait, c'était Mademoiselle Vergnes. Bien évidemment Stanislas n'expliquerait jamais cela à son professeur, il lui dirait juste qu'il l'aimait.

Que Mademoiselle Vergnes, à quarante ans passés, lui fasse une scène comme en aurait fait une fille de son âge, l'aurait agacé. *Mais voici qu'elle pleurait !*

Cela dépassait totalement Stanislas. Il ne pouvait pas voir une femme pleurer sans que cela lui donne envie de faire de même. On dit que le cœur d'un homme amoureux est un tourbillon. Stanislas était en plein dans l'œil du cyclone.

Passablement défoncé par la prise de champignons et paradoxalement submergé d'une irrésistible envie de dormir, Stanislas, qui saignait toujours du nez, se visualisait en train de prendre Mademoiselle Vergnes dans ses bras, de la couvrir de baisers, hésitant entre serrer la main du Comte ou lui mettre un coup de poing pour avoir abandonnée sa mère en 1995 (voire lui offrir les boites de raviolis déposées au pied de la cheminée à la façon de cadeaux de Noël incongrus).

Il avait aussi envie de se refaire un joint pour chasser sa nausée et d'appeler son médecin traitant à Hossegor car sa plèvre le faisait à nouveau horriblement souffrir.

- Stanislas ? lui demanda le Comte de Vaudreuil en lui faisant un timide sourire.

- Ça va, je sais qui vous êtes.

Les deux hommes ne se disaient rien. Ils se regardaient. Stanislas dut convenir qu'ils se ressemblaient un peu, surtout la bouche. Le Comte s'avança vers lui et sans le prévenir lui caressa le visage. Stanislas eu un mouvement de recul, il tremblait comme une feuille.

- Désolé, dit alors le Comte. Tu me rappelle Lydia.

Stanislas trouva déplacée cette justification

mais il ne dit rien. Mademoiselle Vergnes reniflait toujours dans son coin. Cassens retriait ses cartes de visite mélangées par FX, la petite bonne achevait de débarrasser la desserte de l'apéritif.

- Tu es en Première ? hasarda le Comte.

- Oui, littéraire, répondit Stanislas.

- Et qu'est-ce que tu étudies ?

- Arthur Rimbaud.

- Oh mon Dieu quelle horreur ! s'exclama le Comte.

- C'est mon auteur préféré, dit alors Stanislas pour le plaisir de revendiquer d'aimer quelque chose que le Comte n'aimait pas. J'ai pris l'option musique, ajouta-t-il.

- Ah, fit le Comte, Mozart, Wagner…

- Benjamin Biolay, le coupa sèchement Stanislas.

- Oui ? fit le Comte qui n'avait pas l'air de savoir qui était Benjamin Biolay et qui se tourna alors vers le sénateur Cassens en guise d'interrogation muette mais ce dernier ne savait pas non plus qui c'était.

- Quel siècle ? demanda alors Cassens.

- 18e, répondit sans ciller Stanislas, élève de Gluck.

- Ah ! Très bien ! dirent en chœur le sénateur et le Comte.

- Tu comptes visiter un peu Paris ? demanda ensuite le Comte.

Stanislas fit semblant de réfléchir. Il

n'avait pas l'intention de s'éterniser dans la capitale, ni d'entamer une discussion avec le Comte, ni même d'en reprendre une avec le sénateur comme celle qu'ils avaient eu au sujet des petits chiens en jade.

- J'irai visiter l'Ecole Militaire, ce joyau de l'art gothique, répondit-il enfin.

- Parfait ! s'exclama le Comte tandis que Cassens faisait un mouvement du menton approbateur. Mademoiselle Vergnes s'était mouché. Elle était partie en direction des toilettes. Stanislas avait envie de la rejoindre mais le Comte le serrait à présent dans ses bras.

- Tu remplaceras Martin, énonça-t-il alors.

Stanislas se dégagea de son étreinte. Il n'allait remplacer personne ! Il était venu à Paris pour rencontrer le Comte, son père biologique afin d'en savoir plus sur les circonstances de sa procréation. C'étaient sa seule motivation. Dans sa tête, son vrai père était dentiste à Hossegor. Igor Kowalski l'avait non seulement reconnu mais aussi élevé. Même si leurs rapports étaient plus qu'orageux, il avait été présent économiquement et humainement.

Il avait même choisi son prénom. Stanislas ne souhaitait pas changer de père.

- Vous ne direz rien à mon père, dit-il alors au Comte.

Celui-ci eut un mouvement de surprise.

- Je comptais t'adopter pour que tu hérites…commença-t-il.
- Non ! Il fallait commencer par ne pas m'abandonner !

Cassens se garda d'intervenir. Le Comte réfléchit puis lui dit :

- Cela te dirait d'avoir un grand appartement à Odéon pour toi ? Tu pourrais y emménager avec ton amie et ton petit frère viendrait te rendre visite.
- Jamais je ne quitterai Hossegor. Et Apolline non plus. Quant à FX il est trop jeune pour voyager tout seul.

Mademoiselle Vergnes revenait au salon. Elle s'était passé de l'eau sur le visage. Elle s'assit sur une chaise. Elle ne disait rien. Elle ne le regardait pas. Elle semblait concentrée dans la contemplation de ses mains, la tête baissée, un peu voûtée, posture qui lui donnait une constance. Stanislas s'en donna une également en allumant une cigarette puis il lui dit :

- Véra, j'aimerai bien te parler. En tête à tête.

Cassens eu un air effaré. Le Comte souffla.

- Mademoiselle Vergnes doit justement rentrer chez elle, dit enfin le Comte.
- Tu as un appartement à Paris ? demanda

Stanislas à Mademoiselle Vergnes.

- Oui, répondit-elle d'une voix mal assurée. A Odéon…

- Je vois, éructa Stanislas en se tournant violemment vers le Comte. Vous voulez chasser Véra et me donner son appartement !

- Mais…commença le Comte.

- Hé bien sachez monsieur que je vous trouve infect ! On n'utilise pas les gens comme vous le faites ! Et si j'acceptais votre offre sachez que…il ménagea un temps, conscient de la future portée de ses paroles. Sachez, reprit-il, que ce serait pour emménager avec elle ! et se tournant vers Mademoiselle Vergnes il lui dit : debout !

Et elle se leva.

Alors il l'embrassa sous les yeux médusés du sénateur et du Comte.

Mademoiselle Vergnes se laissa faire. Pourtant elle semblait déboussolée mais elle reprit rapidement ses esprits. Elle attrapa son sac, sorti précipitamment de l'appartement, claquant la porte à la surprise générale. Stanislas se demandait encore pourquoi il n'était pas parti à sa poursuite. La raison était cependant très simple : la tête lui tournait, la drogue continuait son effet, il avait l'énergie et la réflexion d'une moule de bouchot. Sa plèvre qui craquait à l'intérieur lui fit cracher un flot de sang sur le tapis persan du sénateur.

Il eut alors une drôle de réaction : il se croyait dans sa chambre, tout seul. Il entreprit donc de se mettre en pyjama, commença par ôter son pull et son jean. Le sénateur et le Comte crurent qu'il allait se déshabiller complétement mais il était incohérent et subitement, avant d'avoir fini son effeuillage, il s'allongea pour dormir sur le canapé du sénateur en leur tournant le dos. Une minute après, il ronflait.

La petite bonne vietnamienne apporta une couverture que le Comte arrangea pour qu'il ait le moins froid possible.

- Je ne voyais pas les événements se dérouler ainsi, dit le Comte à Cassens.

- Venez cher ami, lui répondit alors ce dernier. Nous allons prendre l'air et discuter de tout cela en marchant.

A son réveil, Stanislas était seul, son décollement de plèvre continuait de lui faire mal, la lettre de Mademoiselle Vergnes était simplement posée sur son torse. La bonne devait avoir fini sa journée. Il eut la flemme d'explorer l'appartement de Cassens. Il lut la lettre, tomba des nues, s'habilla et se mit à errer dans Paris.

Il n'avait aucune idée où se situait Odéon et comment retrouver Mademoiselle Vergnes. Ses pas l'avaient conduit rue de Rennes qu'il découvrait pour la première fois. Il trouvait la ville belle mais triste sans son professeur de français. Il passa devant Saint Sulpice, traversa le jardin du Luxembourg, revient sur ses pas, retomba rue de Rennes. C'était un bon marcheur dont l'essoufflement provenait de cette plèvre en carton. L'air fini par lui manquer, il tournait en rond, il réfléchissait mal. Un peu désemparé, il finit par appeler son frère.

FX ne répondait pas. Il lui laissa un message :
« FX retrouve Apolline, on repart à Hossegor, c'était une erreur de venir ici. Je vous attends au café du Métro rue de Rennes. Rappelle-moi au plus vite ».

Puis il rentra effectivement dans le café, s'attabla dans un coin et en profita pour passer un coup de fil à sa mère.

- Allo ? fit cette dernière au téléphone.

- Maman ? Il était tellement déboussolé qu'il ne reconnaissait pas la voix de sa mère.

- Attends, je me débarrasse d'un truc…

Et il reconnut le bruit lourd d'une arme déposée sur la table. C'était bien sa mère. Il respira mieux.

- Je croyais tomber sur ton répondeur, dit alors Stanislas. Ça m'aurait arrangé car j'ai des choses à te dire.

- Où êtes-vous ? lui demanda-t-elle. Les parents d'Apolline vous cherchent FX et toi. On vient juste de finir de prendre le café.

Stanislas réalisa que personne n'avait tenté de les joindre sur leurs portables FX et lui. Ses parents les laissaient libres comme l'air. Ils étaient indifférents à leurs faits et gestes.

- On est à Paris, répondit Stanislas.
- A Paris ? s'étonna sa mère. Mais pourquoi faire ?

Il répondit du tac au tac :

- Pour préparer un exposé sur Arthur Rimbaud.

Sa mère le crut.

- Et FX t'aide ? Comme c'est gentil à lui. Mais il y avait des bibliothèques aussi à Hossegor !
- Putain maman on est à Paris pour rencontrer le Comte de Vaudreuil !!!

Un long silence au bout du fil. Sa mère accusait le coup. Puis :

- Et comment FX réagit-il ?
- Bien ! s'indigna Stanislas. Ce n'est pas lui le plus choqué maman, c'est moi !
- Je sais, répondit sa mère. Lui est encore trop jeune pour comprendre…
- Je t'assure qu'il comprend très bien !

Stanislas était irrité des réponses de sa mère.

- Et il n'est pas trop ému ? continuait cette dernière.

Stanislas n'en revenait pas ! C'était quand même lui qui était davantage concerné qu'FX !

- Il est parti avec un galeriste et Apolline rencontrer la femme du Comte…

- Zita ! le coupa sa mère.

- Peut-être bien. Je ne sais pas comment elle s'appelle. Nous étions chez un ami d'FX, le sénateur Cassens, quand le Comte et Mademoiselle Vergnes, tu te rends compte ma prof de français, sont arrivés !

Au téléphone sa mère l'écoutait attentivement.

- La prof de français ? Mais qu'est-ce qu'elle faisait là ? Vaudreuil a parlé à FX ?

- Oui sans doute, répondit Stanislas.

- Et qu'est-ce qu'il lui a dit ?

- Mais je n'en sais rien ! Tu abuses ! Tu me demande des choses qui ont trait à FX alors que le Comte est quand même mon père et tu ne me l'avais pas dit…

Sa mère l'interrompit :

- Non ! Tu n'es pas le seul fils de Vaudreuil.

Stanislas s'indignait de plus en plus :

- Pas la peine de me mentir maman…

- Mais puisque je te dis que tu n'es pas le seul fils de Vaudreuil ! s'emportait sa mère. Le fils de Vaudreuil c'est aussi FX !

- Hein ?

Stanislas ne comprenait plus rien.

- Lui et moi on a trouvé une lettre dans le grenier… reprit-il.

Lydia Kowalski émit un cri désespéré.

- Je te dis que tu n'es pas le seul fils de Vaudreuil ! Vous êtes tous les deux les descendants du Comte ! J'ai trompé ton père avec le Comte dès 1990 à la faveur de cours de tir qui ont dérapés vers une relation beaucoup plus intime. Je connaissais déjà Vaudreuil auparavant, la Comtesse était jalouse comme une teigne mais cela n'empêchait pas notre amour ! Je suis tombée enceinte de Vaudreuil à deux reprises, à des moments où Igor s'était éloigné de moi. A cette époque ton père et moi nous traversions de nombreuses crises et nous ne…enfin bref ! Notre aventure a duré ce qu'elle a duré ! Je suis ensuite rentrée à Hossegor, personne n'était au courant, à part la vieille Comtesse Zita qui me déteste depuis que j'ai travaillé au pair chez eux pour garder leur fils Martin.

Stanislas allait de surprise en surprise.
- C'était un vrai et grand amour. Seulement, il ne voulait pas divorcer. Alors je me suis dit que je n'allais pas tout exploser et je me suis à nouveau rapprochée de ton père. Je pensais naïvement réussir à lui faire endosser la paternité d'FX mais un soir comme nous revenions avec toi d'une promenade sur la plage, tu étais encore petit et tu dormais dans ta poussette, il m'a dit : « *Lydia je sais bien que j'ai l'air stupide mais je ne le suis pas. Tu portes l'enfant d'un autre.* » Je me demandais

bien comment il pouvait savoir cela mais il m'a dit *: « Après la naissance de Stanislas, j'ai subi une vasectomie sans te le dire ».*

Stanislas tombait des nues.

- Mais pourquoi il a fait ça ?

- Il ne voulait pas d'autre enfant. Il pensait que lui et moi allions nous séparer. Il envisageait de reprendre une vie plus libre, plus dissolue. Il ne voulait pas se retrouver père sans avoir rien demandé, il…

- Stop ! la coupa Stanislas. Il sait donc que FX n'est pas son fils ?

- Tout à fait. Heureusement qu'il n'a pas trouvé la lettre, le Comte est son patient. Il vient souvent dans la région pour avoir un œil sur moi et sur toi car il est persuadé que c'est toi son fils ! Tout comme Igor est persuadé que tu es également son seul fils légitime. Or je dois t'avouer, mon grand, qu'FX et toi vous êtes de vrais frères, issus tous les deux du Comte de Vaudreuil. J'ai discrètement fait réaliser un test ADN quand vous étiez plus jeunes. Il n'y a aucun doute là-dessus !

Stanislas restait sans voix.

- FX croit qu'il n'y a que moi de concerné.

- Il est à côté de toi ? demanda sa mère.

- Non ! Je t'ai dit qu'il était parti rencontrer Zita de Vaudreuil avec le galeriste.

- C'est insensé ! Je vais l'appeler ! Cette

femme est méchante et folle ! Dis-lui aussi de me téléphoner dès que possible. Je lui dirai la vérité.

Stanislas se sentait tellement désolé pour son frère. Il avait le mensonge en horreur. Or il se disait que leur vie de famille ne reposait que là-dessus. Il en voulait subitement à sa mère du tourment qu'elle allait infliger à son petit frère.

- Maman…

- Ça va toi ? reprenait sa mère. Désolée de ne pas être plus préoccupée mais je sais que tu encaisseras mieux les choses qu'FX. C'est ton côté artiste !

Stanislas n'était absolument pas d'accord avec cette analyse mais il ne dit rien. Il laissa sa mère s'exprimer. Il se disait qu'il allait en apprendre davantage de cette façon, même si cela lui brisait le cœur.

Mais sa mère était imprévisible, elle conclut ses explications par :

- Rentrez le plus rapidement possible mes chéris, nous devons parler. Evitons de mettre au courant ton père. Je trouverai une excuse plausible à votre absence. Ne passez pas par Dax. La route est bouchée ce weekend. Prenez le train si vous avez assez d'argent ou demandez-en à Vaudreuil. Je te laisse, j'ai cours de tir avec le notaire Grandet.

Et elle raccrocha, le laissant dans un état de profonde perplexité.

ODEON

Mademoiselle Vergnes était rentrée directement chez elle. Le logement que lui « prêtait » le Comte était un appartement typiquement parisien avec cheminée et moulures au plafond dans un immeuble haussmannien qui donnait directement sur le carrefour de l'Odéon.

Elle n'aimait pas particulièrement ce lieu car elle le savait temporaire. Les rares visiteurs étaient toujours surpris par l'absence de décoration et d'aménagements.

Mademoiselle Vergnes n'avait jamais investi cet endroit. A sa décharge, il faut préciser qu'à la demande du Comte elle avait passé de longs mois à Hossegor, sa ville natale.

Son travail consistait à collecter toute information relative à Stanislas et à gagner sa confiance. Le Comte voulait en savoir plus sur ce fils qu'il n'avait jamais pu reconnaitre, du moins du vivant de Martin, son enfant légitime.

Quand tout serait terminé, elle plierait bagages et partirait en Angleterre. Ou bien elle s'achèterait une petite maison de pêcheur et irait vivre au bord de l'eau. Paris lui manquerait certainement mais, dans son désir d'ascèse, sacrifier son goût pour la capitale lui apparaissait comme un sacrifice nécessaire.

Si elle n'aimait pas trop son appartement, en revanche Mademoiselle Vergnes adorait son quartier. Elle aimait faire son footing le dimanche au Jardin du Luxembourg.

Dès huit heures du matin, elle chaussait ses baskets pour de viriles foulées à travers le parc, emportée par sa passion pour la course, fonçant tête baissée dans les allées, sous le regard des statues de rois et de reines dont elle connaissait les noms par cœur, terminant toujours au niveau du lion en bronze ou de la petite guérite des grilles.

Certains soirs, elle enfilait ses chaussures à crampons pour aller jouer au foot. Elle aimait l'esprit d'équipe, le challenge de chaque match, l'esprit de compétition et l'après, dans les vestiaires, ce relâchement enthousiaste et empreint de forte fraternité quand, avec les autres membres, ils se mettaient de grandes claques amicales dans le dos ou quand ils se faisaient des blagues sous la douche. A la fin de chaque entrainement ou lorsqu' ils célébraient une victoire, ils allaient tous ensemble fêter cela autour d'une bière.

Parfois cela s'agrémentait d'une petite soirée en boite de nuit, d'une promenade nocturne sur les ponts en beuglant des slogans ridicules…

Ou bien Mademoiselle Vergnes rentrait vite pour le plaisir de déguster chez elle, toute seule, un bon bordeaux en lisant le journal. Telle était sa vie à Paris, bien différente de celle menée à Hossegor.

Là-bas, le Comte lui louait un petit deux-pièces en centre-ville, au dernier étage, avec un balcon encombré de vélos, raquettes de tennis, table de ping-pong rabattue contre le mur.

Dans ce logement il y avait beaucoup de livres puisque Mademoiselle Vergnes était officiellement journaliste et professeur de français. Elle n'en avait pourtant ouvert aucun. Elle s'appuyait sur sa culture générale, heureusement que le fils du Comte, Stanislas, était totalement inculte.

Mademoiselle Vergnes se rappelait leur première leçon. Elle avait sonné à plusieurs reprises à la porte de la grande maison des Kowalski, perchée au sommet d'une colline. Personne ne lui avait ouvert. Elle avait pourtant vu une petite tête brune et bouclée à la fenêtre qui l'épiait.

Elle sonna à plusieurs reprises avant d'avoir une réponse à travers la porte :
- C'est qui ?
- Je suis Mademoiselle Vergnes, votre professeur de français.
- Ah…Non ce n'est pas moi votre élève. Et la porte s'ouvrit en grand, découvrant un

petit bonhomme en costume trois pièces qui endossait un pardessus.

- Stanislas ? demanda Mademoiselle Vergnes.
- Non, moi c'est François-Xavier. Mais vous pouvez m'appeler FX.

Tout en disant cela l'adolescent sorti sur le seuil et claqua la porte.

- Je sors. Mon frère ne va pas tarder. Elle n'eut pas le temps d'en savoir davantage car déjà il s'éloignait sans se retourner.

Il aurait pu me faire rentrer, songeait Mademoiselle Vergnes. J'espère que son frère va vraiment venir.

Arrivé en bas du chemin, FX coupa à travers champs pour remonter. Il se posta en hauteur, caché par les troncs des pins, de sorte qu'il avait une vue parfaite de sa maison et de Mademoiselle Vergnes sans être vu.

Il se demandait comment aller se dérouler la première rencontre entre son frère et cette dame qu'il trouvait hommasse malgré sa jupe et ses chaussures plates.

Stanislas finit par arriver. Il avait bien vingt minutes de retard. Mademoiselle Vergnes l'attendait patiemment à la porte.
- Je m'excuse, lui dit-il, pour mes douze minutes de retard. Je n'ai aucune excuse à fournir, je suis en retard c'est tout.

Il ouvrit la porte d'entrée, la laissa passer d'abord puis rabattit la porte.

FX redescendit rapidement de son

perchoir et contourna sa maison afin de rentrer par le jardin dans le but d'avoir une vue imprenable sur le salon où il savait que le cours devait se dérouler. Il enjamba la clôture, se baissa, couru rapidement jusqu'à la baie vitrée qu'il avait laissée entrouverte. Il voyait mal alors il se coula à l'intérieur de la pièce, caché derrière le canapé.

Stanislas se tenait, farouche, à l'autre bout de la table. Il avait ramené ses cahiers et ses bulletins de notes à Mademoiselle Vergnes qui les parcourait d'un air faussement attentif car elle n'y connaissait rien.

Au bout d'un moment, elle lui dit :
- Nous allons faire un bilan. J'ai besoin de savoir si tu connais tes mouvements littéraires.
- Bien, dit Stanislas en la regardant droit dans les yeux.

Le regard du jeune homme troubla Mademoiselle Vergnes. Il avait des yeux clairs, extrêmement brillants, un peu rouges, comme si…Mademoiselle Vergnes senti tout à coup la forte odeur de cannabis qui emplissait la pièce et commença :
- Peux-tu me dire quel est le premier mouvement littéraire que vous devez étudier ?

Stanislas ne répondit pas. Il continuait de la regarder, d'un air ahuri cette fois, bien qu'un mince sourire soit en train de se dessiner sur son visage.

- Tu ne sais pas ? continuait Mademoiselle Vergnes. C'est un mouvement lié à la découverte des nouveaux mondes, remettre l'homme au centre de tout, l'expansion, la redécouverte des savoirs de l'Antiquité…

- Le classicisme ? tenta mollement Stanislas dont le regard pourtant s'allumait de plus en plus et s'attardait sur la bouche de Mademoiselle Vergnes.

Celle-ci voyait sa prunelle se dilater. Elle n'aurait su dire si c'était un effet secondaire de la drogue ou de l'intérêt qu'elle suscitait.

- Non, répondit Mademoiselle Vergnes. Pense à Léonard de Vinci, François 1er, la Controverse de Valladolid, les indiens ont-ils une âme ? Montaigne…

C'est facile, se dit FX qui avait trouvé. Stanislas de son côté répondit :

- Le baroque !

- Non, répondit encore plus sèchement Mademoiselle Vergnes. Voyons, réfléchis on est aux 15e et 16e siècles…

- Ah j'y suis ! s'exclama avec conviction Stanislas. Le naturalisme !

Mais non, crétin, c'est l'Humanisme, s'indigna en silence FX.

- L'Humanisme ! disait Mademoiselle Vergnes.

- Ah ! disait Stanislas d'un ton dépité. L'Edit de Nantes, tout ça…

- Mais non l'imprimerie, Gutenberg, le Quattrocento !

Stanislas la regardait d'un air désolé. Il la trouvait très jolie. Elle avait une belle voix. Malheureusement il voyait surtout le grain de sa peau ainsi que ses lèvres bouger sans saisir le sens des paroles prononcées. Le temps était comme suspendu.

- Ok, fini-t-il par répondre.
- Bien, après l'Humanisme, nous avons…
- Le symbolisme !
- Mais non ! ça c'est à la fin du 19e siècle.
- Ok et on en est où, côté siècle, là ?
- 17e siècle !
- Bien ! Ben…Le Nouveau Roman !

FX se retenait de rire. *Toi, Stani, tu as vraiment besoin de cours de français. C'est le baroque.*

- Le baroque ! Après la chute des idéaux de l'Humanisme, le baroque représente l'impermanence des êtres et des choses, le fait que tout peut s'arrêter à chaque instant…
- Comme l'architecture !
-Comment ça, comme l'architecture ?
- L'architecture baroque, rococo, avec des feuilles de vignes dorées à l'or fin…
- Euh… pas vraiment. Mademoiselle de Scudéry, la Carte du Tendre…Tu sais ces romans qui parlent d'amour et d'épreuves à surmonter.

Stanislas se recroquevilla davantage.

Il passait vraiment pour un naze. Il n'était pas capable de répondre à une seule question du programme sinon sa mère n'aurait pas embauché de professeur particulier. Son égo souffrait. Il se sentait bête.

Il décida de jouer le mec obtus pour sauvegarder un semblant de dignité.
- Jamais lu. Je n'aime pas les histoires à l'eau de rose.
- Ce sont des histoires d'amour…
- C'est pareil, je n'aime pas ça.
- Mais pourquoi ? lui demanda Mademoiselle Vergnes.
- Parce que je n'aime pas lire !
- Bon, soupira Mademoiselle Vergnes. Cela ne sert à rien d'approfondir le sujet pour le moment. Nous reviendrons dessus. Ensuite, qu'est-ce qui vient après le baroque ?

Stanislas ne répondit rien. Il avait envie de tout envoyer valser. Le silence qui s'installait entre eux était pesant. Pour briser la glace et voir si elle ne lui donnerait pas de suite la solution, il lui fit un clin d'œil.

Mademoiselle Vergnes eut un sursaut ! Elle n'avait pas rêvé ! Son élève la regardait avec des yeux de merlan frit, un sourire béat aux lèvres et il venait de lui faire un clin d'œil ! Est-ce qu'il la draguait ? Elle considéra l'adolescent tassé sur sa chaise. Il avait vraiment une tête de petit *pioupiou* mais en grandissant il deviendrait beau gosse. Il devait sans doute déjà le savoir malgré son manque de confiance en lui. En vieillissant il deviendrait peut-être froid et arrogant pour masquer cette faiblesse, se dit intérieurement Mademoiselle Vergnes. Mais ce n'était pas sûr…Il semblait fragile, sensible, presque absent.

C'était cela : Stanislas prenait énormément de distance pour se protéger.

Elle continua le cours, mine de rien.

- Je te mets sur la voie. Versailles, la cour de Louis XIV, Molière…

- L'absurde ?

- Non. Lully, La Fontaine, Racine, Corneille, Boileau, la Rochefoucauld…Molière…

- Le Parnasse !

- Non, le classicisme !

Il la regardait avec stupéfaction. Il n'était pas du tout d'accord.

- Enfin non ! Molière c'est le baroque !

- Pas du tout ! Molière est un auteur classique.

- On est bien d'accord que c'est un classique, ça manque totalement d'originalité, disait Stanislas. Mais Dom Juan est une pièce baroque. Donc Molière est un auteur baroque !

- Non, expliqua Mademoiselle Vergnes, il appartient au classicisme mais il a choisi, pour Dom Juan, d'écrire une pièce baroque.

- Je ne comprends rien ! Pourquoi est-il

classique s'il fait du baroque ?

FX dut convenir qu'il s'agissait d'une question pertinente. Mademoiselle Vergnes ne répondit cependant pas. Ni Stanislas ni FX ne pouvait deviner qu'elle n'avait pas les compétences pour expliquer les raisons de cet anachronisme.

- Passons ! Après le Classicisme nous avons le siècle de l'argumentation, les auteurs qui veulent éclairer les esprits, ce sont…

- Les Frères Lumières, dit avec fierté Stanislas.

Triple buse, songeait FX, *les Lumière !. Les Frères Lumières c'est le cinéma !*

- Les Lumières ! rétorqua avec agacement Mademoiselle Vergnes. Bien après les Lumières nous avons…

- Le Romantisme !

Un blanc. FX se demandait si c'était bien les Romantiques. Il avait un gros doute subitement.

- Les Romantiques ! Bravo ! C'est bien ! Une bonne réponse !

Stanislas se senti rasséréné : il n'avait pas tout faux.

- Et peux-tu me citer des auteurs romantiques ?

Stanislas se senti impuissant. A part son pote Mathias Polet qui écrivait des poèmes pour draguer les filles, il ne connaissait aucun auteur romantique.

- Euh…
- Tu connais sûrement un auteur romantique.
- C'est-à-dire…

Stanislas réfléchit profondément :
- Benjamin Biolay ?
- Non !
- Autant pour moi.

Il joua son va-tout :
- Mathias Polet !
- Jamais entendu parler !
- C'est un auteur régional du Sud-Ouest pourtant ! menti-t-il avec aplomb. On a plein de volumes de lui reliés pleine peau dans la bibliothèque.
- Vraiment ? demanda sincèrement Mademoiselle Vergnes. Et qu'est-ce qu'il a écrit ?
- Poème pour Aurélie, Sonnet pour Léa, Ode à Pauline, Elégie pour Astrid, Rondeau pour la fille de la gare et Ballade avec Jess…Non ! Ballade avec Emma !

FX trouvait Stanislas extrêmement gonflé de donner ainsi la liste de ses ex à son nouveau professeur de français. Il était cependant animé d'une force de conviction qui le rendait très crédible et Mademoiselle Vergnes le cru.
- Quel siècle ?
- Début du 19e !
- OK.

Mademoiselle Vergnes voulait voir le

manuel de français de son élève et tout en posant ses questions elle étudiait attentivement la table des matières. Au bout d'un moment, alors que le silence était total, elle lui demanda :

- Parfait. Après le Romantisme nous avons…

Stanislas était perdu dans ses rêves.

- Après le Romantisme, nous avons…

Stanislas se demandait quel était le prénom de cette charmante femme. Il ne voyait pas le temps passer. Elle répéta :

- Après le Romantisme, nous avons…

-Le Réalisme, laissa échapper à haute voix FX.

- Très bien, une deuxième bonne réponse ! s'exclama Mademoiselle Vergnes qui pensait réellement que c'était Stanislas qui venait de parler.

Ce dernier était totalement absent. Il n'avait entendu ni la question, ni la réponse. Depuis le début de la leçon il avait chaud, il avait froid, il la regardait et il ne lui trouvait aucun défaut, c'était comme si une révélation l'avait atteint. Il la trouvait extrêmement bien faite et très intelligente. Il bandait.

- Au 19e siècle plusieurs mouvements se superposent, continuait Mademoiselle Vergnes. Il y a…

- Absolument aucune idée, répondit-il de façon automatique.

- Le Parnasse, l'Art pour l'art, le Naturalisme,

215

le symbolisme…
- Oh là là !
- Tu peux prendre des notes !
- Oui…

       Et il ne notait rien. Il la regardait juste.

- Et au milieu, tous les inclassables : Maupassant, Verlaine, Rimbaud, Apollinaire qui sont des mouvements à eux tout seuls. Ensuite approche la guerre de 14-18 donc tu n'as pas grand-chose. On a bien Colette cependant. Après c'est le Surréalisme, les auteurs engagés et le Nouveau Roman. On arrête là car il n'y a plus de mouvement littéraire depuis 1970…

- Quoi ? s'indigna Stanislas que cette dernière phrase avait fait sortir de sa léthargie. Cela fait 46 ans qu'il n'y a pas de mouvement ? mais pourquoi ?

- Parce qu'aujourd'hui les auteurs préfèrent le fond à la forme.

- C'est-à-dire ? demanda Stanislas subitement intéressé.

- Hé bien les auteurs préfèrent mettre en avant l'histoire, ce que ça raconte plutôt que de travailler sur comment s'est raconté. Les questions de figures de style ou la narration…

- Mais c'est horrible madame !

- Mademoiselle ! le corrigea-t-elle.

- Il faut absolument créer un nouveau mouvement littéraire Mademoiselle !

FX comme Mademoiselle Vergnes ne comprenaient pas cette urgence.

- Pourquoi veux-tu créer un mouvement littéraire ?

La littérature est devenue commerciale, standardisée, tu risques d'ennuyer tes lecteurs si tu privilégie la forme au fond !

- 46 ans ! 46 ans sans mouvement c'est pas possible, continuait Stanislas que les quatre joints qu'il avait fumé avant de rentrer rendaient encore plus impliqué.

- Oui…bien…Pour chaque mouvement je vais vérifier si tu connais les contemporains de chaque auteur, des titres de livres ou des références culturelles.

Stanislas était un garçon têtu.

- Je préférerai inventer un mouvement !

- Hé bien pas aujourd'hui, répondit fermement Mademoiselle Vergnes.

- Comment invente-t-on un mouvement ?

Caché derrière son canapé, FX trouvait le cours sacrément désorganisé ! Aucune explication, des références en pagaille. Drôle de professeur que cette mademoiselle Vergnes !

Comment sa mère l'avait-elle recrutée ? Etait-elle vraiment professeur ? Tout à ses réflexions il avait perdu le fil du cours particulier et reprit celui-ci en cours de déroulement.

- Pour l'Humanisme que peux-tu me dire ?

- Pas grand-chose.
- Qu'est-ce qui t'intéresse dans cette période ?
- Euh…

Il s'en fichait de l'Humanisme. Il avait envie d'allumer une cigarette ou de se refaire un joint, de jouer à la console, d'aller dessiner dans sa chambre, d'envoyer un sms à Apolline pour lui demander si elle passait au bowling et d'envoyer des messages sibyllins sur Facebook à une fille de première qu'il trouvait très mignonne même si son nouvel intérêt pour Mademoiselle Vergnes en palissait subitement l'aura.

Par politesse, il répondit :
- Les scandales. Oui, j'aimerai en savoir plus sur les scandales de l'Humanisme !

Mademoiselle Vergnes rayonnait. Elle connaissait le plus grand scandale de l'Humanisme.

- Très bien ! Alors écoute : quelle est l'histoire d'amour qui a défrayé la chronique au temps de l'Humanisme ?

Elle était sûre que Stanislas ne savait pas. Cependant Stanislas regarda Mademoiselle Vergnes dans les yeux en gloussant. Il savait. Il allait pouvoir répondre. Il choisit de ménager son petit effet.

- Henri II ?

Mademoiselle Vergnes était très surprise.

- Oui…

- Henri II, poursuivait Stanislas, kiffait Diane de Poitiers qui était sa nourrice et aussi sa prof. Elle avait vingt-six ans de plus que lui. Sa mère lui a demandé de ne plus la voir : il a taggué sur tous les murs de ses châteaux les armes de Diane de Poitiers ! Un peu comme si mes parents m'interdisait de voir Apolline et que j'écrivais son nom partout sur tous les murs du pavillon !

- C'est ça, bravo. Tu en sais des choses.

Stanislas était flatté. Il ajouta :

- En même temps c'est normal.

- Pourquoi ?

- C'était une bonne prof.

Mademoiselle Vergnes rougit puis rit :

- Nous n'étions pas en cours avec eux pour en juger.

- Si, insistait Stanislas. C'était une super prof. Elle lui a appris la levrette.

Un silence gêné de part et d'autre suivi cette remarque. Stanislas compris qu'il venait de faire une boulette. Pour se rattraper, il dit spontanément :

- En même temps ce n'est pas grave. Le prof de Rimbaud lui a bien appris la sodomie.

Un blanc. Mademoiselle Vergnes reprit :

- Oui…Enfin…Qu'est-ce que tu dois étudier pour le bac de français ?

Stanislas poussa un grand soupir. Il sorti de son sac un gros livre, en le tenant du bout des doigts comme s'il s'agissait de quelque chose de très sale :

- Ça ! Justement !

Mademoiselle Vergnes ouvrit de grands yeux. Heureusement il s'agissait juste des œuvres complètes d'Arthur Rimbaud.

- Génial, s'emballa Mademoiselle Vergnes, j'adorai Rimbaud à ton âge !

- Hé bien pas moi ! Vous y comprenez quelque chose vous à...

Il ouvrit rageusement le livre et lu à haute voix : « *J'ai embrassé l'aube d'été. Rien ne bougeait encore au front des palais. L'eau était morte. Les camps d'ombres ne quittaient pas la route du bois. J'ai marché, réveillant les haleines vives et tièdes, et les pierreries regardèrent, et les ailes se levèrent sans bruit. La première entreprise fut, dans le sentier déjà empli de frais et blêmes éclats, une fleur qui me dit son nom. Je ris au wasserfall blond qui s'échevela à travers les sapins : à la cime argentée je reconnus la déesse. Alors je levai un à un les voiles. Dans l'allée, en agitant les bras. Par la plaine, où je l'ai dénoncée au coq. A la grand ville elle fuyait parmi les clochers et les dômes, et courant comme un mendiant sur les quais de marbre, je la chassais. En haut de la route, près d'un bois de lauriers, je l'ai entourée avec ses voiles amassés, et j'ai senti un peu son immense corps. L'aube et l'enfant tombèrent au bas du bois. Au réveil il était midi. »*

- J'avoue… répondit Mademoiselle Vergnes.
Mais reprenant conscience de son rôle, elle lui dit :
- Nous n'avons plus beaucoup de temps, nous verrons cela la prochaine fois ! Le cours est fini !
- Déjà !
- Le premier cours dure toujours moins longtemps que les autres.
FX bouillonnait derrière son canapé. Il se créa une note mentale pour se rappeler de dire à sa mère de ne pas payer l'heure complète à cette voleuse qui n'était là que depuis vingt minutes.
- Je dois y aller, je reviens la semaine prochaine.
- Vous ne me donnez pas de devoirs ? demanda Stanislas.
- Pas la peine…
Comment ça ? Après avoir fait passer son frère pour un con avec son interrogatoire culturel qui ressemblait à un mix de Questions pour un Champion et de Qui veut gagner des millions elle ne lui donnait pas une occasion de se rattraper ? Elle était professeur ou non ? FX se promit de surveiller Mademoiselle Vergnes.

221

Cette dernière avait hâte de faire son premier rapport au Comte. Elle s'enfuyait presque. Elle trouvait que Stanislas était vraiment un beau jeune homme. Qu'il la drague de façon intermittente la faisait sourire. Pour exprimer sa joie, elle donna un grand coup de pied dans un tronc d'arbre. Une fois rentrée à l'appartement d'Hossegor, elle se changea et se dirigea vers la salle de musculation. Les machines fonctionnaient mal, elle demanda des outils à l'accueil et les répara une à une consciencieusement.

Elle était à l'aise avec les outils, le bricolage. Elle adorait réparer les choses.
- Si j'accepte de vous aider, avait-elle dit au Comte, c'est pour réparer votre relation avec votre fils.

Et il lui en avait été reconnaissant, elle qu'il utilisait pour de multiples basses besognes, notamment effacer les frasques de sa femme Zita, méchante et violente.

Le Comte et Mademoiselle Vergnes se connaissaient depuis qu'elle avait été limogée de l'armée israélienne. Elle savait tout faire : de la cuisine à la *Krav Maga*.

On aurait pu dire de Mademoiselle Vergnes que c'était une perle.

Ce soir-là cependant, debout devant ses grandes fenêtres qui donnaient sur le carrefour de l'Odéon, elle était tout sauf heureuse.

Il y avait une petite bruine glacée qui descendait sur la ville. Le ciel était bas, lourd et elle avait mal au crâne. La mission touchait à sa fin. Stanislas l'avait trompé. Avec une fille. Jeune comme lui. Ils ne se reverraient plus.

En écrivant sa lettre que le Comte avait ensuite déposée sur le corps endormi de son jeune élève, Mademoiselle Vergnes avait beaucoup pleuré. Cependant il le fallait.

Dehors une pluie violente commença à tomber. Elle écrasa une larme, se servi un whisky qu'elle mélangea à ses hormones. La nuit tombait sur le carrefour de l'Odéon, sa mélancolie n'avait pas de fin, Mademoiselle Vergnes hésita à téléphoner à Stanislas, se ravisa et éteignit son téléphone.

De rage, elle lança quand même son verre contre une glace, histoire de faire son intéressante.

ECOLE MILITAIRE

« Le Comte et la Comtesse de Vaudreuil vous prie de les rejoindre à la veillée funéraire commémorative hommage à Martin de Vaudreuil (1991-2016). Tenue de deuil exigée. Pas de photos, pas de réseaux sociaux ».

- Hé bien ça a l'air fendard, dit FX à Arnaud. Il y en a qui renouvelle leurs vœux de mariage ou qui organisent des *baby showers*, nous on va à une fête des morts. Arnaud était tout aussi dégoûté que lui.
- Il y a cependant du beau monde sur la liste, reprit FX au bout d'un instant.
- Ah bon ?
- Oui il y a plein d'acheteurs d'art contemporain dans le tas, tu vas peut-être pouvoir faire quelques ventes.
- Ce serait un peu déplacé mais pourquoi pas…
- Ce qui est déplacé c'est cette réception ! Tu le connaissais Martin de Vaudreuil ?
- Oui, répondit le galeriste. Il était très beau. Il avait toutes les femmes à ses pieds.
- Et à part ça ?
- C'était un héritier. Il cherchait toujours des idées pour dépenser son argent. Comme il en

avait beaucoup, cela lui prenait tout son temps.

Les deux hommes éclatèrent de rire. Ils se tenaient l'un en face de l'autre, habillés strictement pareils.

La galerie, très grande et sans fenêtre car elle se situait dans un parking en sous-sol réaménagé était nimbée de lumières pastelles roses et vertes.

C'était un très grand espace mais étrangement on s'y sentait bien. Les pièces harmonieusement crées témoignaient d'une intelligence de l'espace.

Arnaud avait mis presque un an pour comprendre le lieu qu'il avait à disposition. Il lui avait fallu de longs mois pour aménager correctement cet endroit qu'il souhaitait ouvrir à un public choisi et dédier au travail. Son rêve était d'en faire un laboratoire créatif.

- Pourquoi tu ne fais pas plus de publicité pour faire connaitre ta galerie ? lui demanda FX.

- Peut-être parce que je ne souhaite pas que tout le monde vienne me déranger.

- Une galerie c'est pour présenter des œuvres. Normal que le galeriste soit présent.

- Je ne suis pas hôtesse d'accueil. Si je faisais cela je perdrai mon temps. Les gens qui viennent regarder et poser des questions sans acheter cela oblige d'être présent et de fournir des catalogues, des renseignements, des listes de prix.

Tu deviens esclave de ton lieu et c'est déprimant car souvent tu es seul. Alors qu'avec mon système je ne reçois que des personnes qui viennent acheter. Le but d'une galerie n'est pas d'être un musée. Le but d'une galerie c'est de vendre des œuvres. Le temps dégagé me permet de prospecter, d'honorer mes rendez-vous et de ramener les clients potentiels pour ma galerie.

- Je vois, dit FX, je croyais pourtant que les galeries devaient participer au rayonnement de l'art contemporain.

- Les galeries ne sont pas des musées. Dans les galeries on expose des artistes vivants qui ont besoin que tu vendes leurs œuvres pour continuer à créer. Je ne vends pas des posters pour chambres de jeunes filles en fleurs. Je ne suis pas marchand d'images. Je défends une vision de l'art.

- Justement…Comment choisis-tu tes artistes ?

- Il y a beaucoup d'artistes qui te sollicitent mais leur travail n'est pas terrible. J'ai appris l'hypocrisie mais dans certains milieux on dit que l'hypocrisie est une forme de politesse. Je défends peu d'artistes mais ce sont des artistes en qui je crois. Parfois une collaboration n'est pas évidente. C'est avec le temps et l'évolution de l'artiste (et du galeriste) que les réponses arrivent.

FX trouvait cette discussion très intéressante.
- C'est dommage que je fasse déjà un stage au Conseil d'Etat, j'aurai fait un stage en galerie sinon. Même si la profession n'est pas toujours appréciée à sa juste valeur…
- C'est ça, l'interrompit en riant Arnaud. Tirez sur le galeriste !

Et ils partirent pour la réception des Vaudreuil tous les deux en s'efforçant de garder leur bonne humeur car ils étaient soucieux.

Apolline avait disparu. Quand ils étaient rentrés à la galerie la veille au soir la jeune fille n'était plus là. Elle ne répondait pas au téléphone.

De plus, FX avait reçu un message vocal de son frère lui demandant de le rejoindre avec la jeune fille mais Stanislas était mystérieusement injoignable.

FX avait téléphoné une vingtaine de fois et laissé tout autant de messages. Avec Arnaud ils étaient même allés au café où Stanislas leur avait donné rendez-vous. En vain.

FX avait dormi avec Arnaud dans la galerie, enroulé dans du papier bulle en guise de couverture.

Il avait reçu également un appel de sa mère mais impossible de la joindre.

Il avait bien eu son père au téléphone, lui racontant qu'il aidait son frère à faire un exposé sur l'art contemporain en lui présentant des galeristes mais : primo, son père n'avait pas eu l'air de comprendre les termes art contemporain, galerie, œuvres ; secundo, il ne savait pas du tout où était sa femme, il avait vaguement regardé au stand de tir et demandé à Grandet mais celui-ci ne savait pas ; tertio, il fit comprendre à FX qu'il n'avait pas le temps pour ce genre d'histoires, il avait son cabinet de dentiste plein de patients qui souffraient tous, comme par hasard, de rages de dents.

Il raccrocha au milieu d'une phrase de FX, vexé que SON père le traite aussi mal alors qu'il estimait que cela relevait de ses prérogatives.

- Nous retrouverons peut-être Stanislas à la soirée chez Vaudreuil, lui avait dit Arnaud.

- Cassens a également disparu, répondit FX tandis qu'ils marchaient vers leur *Uber*. Sa bonne m'a confirmé qu'il était parti se promener avec le Comte quand nous sommes partis et qu'ils ne sont jamais revenus.

- C'est quand même bizarre, dit alors Arnaud. Même Chiara semble s'être volatilisée.

- Arrêtes de dire ça, rétorqua alors FX. Je

trouve ça trop bizarre. Cela me ferait presque peur.

Ils arrivèrent à la soirée vers 22 heures. Ni Stanislas, ni Apolline, ni Mademoiselle Vergnes, ni Cassens n'étaient présents. Le Comte non plus.

En revanche Zita de Vaudreuil trônait comme l'impératrice dans le jeu du tarot de Marseille, la bonté et la classe en moins.
- Je suis ravie que vous soyez des nôtres, dit-elle au galeriste et à FX avec un sourire qui montrait les crocs.

Elle s'avança pour les serrer dans ses bras mais FX évita soigneusement tout rapprochement corporel en se saisissant d'une coupe de champagne qu'il vida d'un trait et qu'il mit entre la Comtesse et lui, le verre préservant sa proxémie.

Le galeriste n'eut pas cette chance et dû même l'embrasser. Quand elle s'éloigna, FX lui dit :
- Mon vieux tu n'as pas été chanceux ! Qu'est-ce qu'elle pue !
Le galeriste sourit :
- J'ai l'habitude. Dans mon métier on serre beaucoup de mains, on étreint beaucoup de corps mais...ajouta-t-il en faisant un clin d'œil à FX.
- Qui trop embrasse, mal étreint ! compléta

l'adolescent.

Ils éclatèrent de rire. Ils se sentaient vraiment bien ensemble. C'était comme s'ils étaient frères jumeaux. Ils s'étaient compris instantanément. Une sympathie mutuelle, une connivence innée. Ils étaient plus que sur la même longueur d'ondes. Ils se complétaient.

La cérémonie commémorative comprenait un buffet plutôt étrangement *cheap* puisque sur une table des saladiers de chips accompagnaient des verres de vin blanc ou rouge servis à la demande par des serveurs tout de noir vêtu. Il y avait à cet évènement beaucoup de « *beau monde* » c'est-à-dire des gens influents dans l'univers d'Arnaud, de FX et du Comte de Vaudreuil.

Des gens qui pourraient être utiles à Stanislas en tant qu'artiste, songeait FX.

Des gens qui organisaient des réceptions qu'Apolline pourraient approvisionner avec sa boucherie, pensait Arnaud.

Des gens dont mon père pourrait soigner les caries, phosphorait à nouveau FX.

Des gens dont les enfants éprouvaient des difficultés scolaires et qui auraient bien besoin d'un cours de français dispensé par Mademoiselle Vergnes, se disait Stanislas, caché derrière le rideau noir qui séparait la pièce en deux.

Une partie de l'espace servait en effet pour la réception, l'autre entreposait un portrait géant de Martin de Vaudreuil au pied duquel des gerbes de fleurs s'amoncelaient.

- Ça ressemble presque à un vernissage, s'amusait Arnaud.

Cela fit sourire FX malgré l'étrange malaise qu'il ressentait au niveau de la poitrine. Il avait l'impression qu'on lui griffait la chair de l'intérieur. A un moment la douleur fut si forte qu'il se plia en deux.

Oh non ! Je ne vais pas avoir moi aussi un décollement de la plèvre ! se lamenta intérieurement FX qui saisit au vol une autre coupe de champagne afin de masquer la douleur à l'aide de ce remède mondain.

Autre chose le chiffonnait : d'habitude il était très à l'aise en société. Là, il manquait d'entrain, n'arrivait à aller vers les autres, ne jouait pas son rôle habituel. Tout ce qu'il souhaitait c'était rester en compagnie d'Arnaud. Même retrouver Stanislas et Apolline lui apparaissaient comme des buts dérisoires. Les autres invités vidaient consciencieusement les saladiers de chips et les bouteilles de vin.

Ils se pressaient vers la table du buffet comme des papillons attirés vers la lumière, pour ne pas les comparer à autre chose.

La Comtesse de Vaudreuil s'approcha du portrait géant de son fils Martin. Elle tapa trois coups sur sa coupe pour attirer l'attention et commença l'éloge funèbre :

- Mon fils n'est plus. Mon enfant, mon frère, mon modèle, mon héros, si tu m'entends, par-delà les nuages, tu dois te demander pourquoi moi ta vieille mère, je m'échine encore à remuer la souffrance de ton départ prématuré vers les étoiles. Quel besoin avais-tu Martin de monter si vite au ciel ? Tu brillais déjà de ton vivant. Tu occupais le devant de la scène comme un soleil et tous nous étions heureux de graviter autour de toi comme des satellites. Avec toi les nuits étaient toujours plus belles que les jours qui pourtant étaient radieux. Plein de fantaisie, créatif, tu allumais des flammes dans les yeux de tes amis et parents et tu nous réchauffais de ta douce lumière à la façon des tendres lueurs qui s'échappent des photophores. Etre près de toi c'était viser la lune. Oh Martin ! Pourquoi m'as –tu abandonnée…

De gros sanglots secouaient l'assistance.
FX, Arnaud et Stanislas se sentaient cependant étrangers à la douleur collective. Comme en retrait. Stanislas aperçut FX et Arnaud au loin. Il leur fit un signe de la main mais seul Arnaud le vit.

Le galeriste tenta bien de prévenir FX que son frère se trouvait dans la même pièce qu'eux mais FX s'était précipité au-devant d'un serveur de champagne et, seul, il buvait tandis que les autres se tenaient dans un recueillement extrême.

- Oh Martin, poursuivait la Comtesse. Pas un jour ne se passe sans que je ne pense à toi. Comme ta mort a été injuste et absurde ! Ta bonté t'a perdu. Et aujourd'hui nous pleurons ton absence. Et aujourd'hui nous regrettons amèrement tout ce qu'on ne s'est pas dit, tout ce que l'on n'a pas fait, tout ce qu'on a oublié, tout ce qui aurait été possible. Oh mon Martin je suis ta mère et je pleurerai sur ton cadavre des jours et des jours encore car c'est comme un tonneau sans fond. Rien ne peut combler le vide, la place que tu as laissée, toujours vacante restera. Quand tu es parti, j'ai arrêté moi aussi de vivre…

- Tu ne crois pas qu'elle en fait trop, dit FX croyant s'adresser à Arnaud alors qu'en fait il parlait à un invité dont les larmes roulaient abondamment sur ses joues.

FX se sentait oppressé.

- Excusez-moi, dit-il à l'homme et il s'éloigna, se rapprochant du premier rang des auditeurs de la Comtesse.

- Comme j'ai souffert, continuait cette

dernière. Et comme je souffre encore. Mais ce soir, en présence de ta famille, de tous tes proches, justice te sera rendue Martin…

FX contemplait le portrait de Martin de Vaudreuil. Il avait un air à Stanislas mais étrangement il dû convenir qu'ils se ressemblaient aussi tous les deux. Ils avaient le même grain de beauté au-dessus du sourcil, c'était marrant. Il entendit son téléphone vibrer mais la douleur à la poitrine revint subitement avec une fulgurance incroyable.

Je ne vais quand même pas faire un infarctus, songea alors avec amusement FX.
- Non car tu es déjà mort, lui répondit la Comtesse comme s'il avait parlé à haute voix.

FX explosa de rire.
- Qu'est-ce que c'est que cette salade ?

La douleur s'intensifia. Elle devint insupportable. FX porta la main à sa poitrine, près du cœur. Quand il ôta sa main, elle était pleine de sang.
- Mais qu'est-ce que…
- Tu es mort ce matin dans un Ship Shop près de l'Ecole Militaire, lui dit alors la Comtesse.

Et il s'écroula sur le sol. L'assistance était en panique. *Quel évènement étrange !*

Et ce n'était que le début car au même moment Arnaud et Stanislas s'abattirent sur le sol, à la façon de pantins désarticulés dont les ficelles ont cédé. Ils étaient morts eux aussi. La Comtesse souleva alors le rideau derrière lequel Stanislas s'était caché.

On découvrit les corps d'Apolline, de Mademoiselle Vergnes, de Lydia Kowalski et du Comte.

Quelques minutes plus tard Martin de Vaudreuil qui revenait de soirée eut la surprise de découvrir …

PLAISANCE

« Une galerie bunker + un galeriste de 20 ans = un super endroit pour une super rencontre, pour paraphraser un autre François audacieux. Extrait vidéo d'une interview du galeriste François-Xavier B. qui dirige une des plus grandes galeries de Paris. Un entretien entre sérénité et dynamisme, à l'image de ce galeriste talentueux. Si l'univers de la mode nous a habitués à des créateurs et à des dirigeants très jeunes (Simon Porte, Maxime Simoens, Olivier Rousteing) c'est beaucoup plus rare dans l'art contemporain et surtout en France.
Les plus jeunes à avoir exercé la profession de galeristes professionnels sont Vito Schnabel, Emmanuel Perrotin et François-Xavier B.
François-Xavier B. est en effet un jeune galeriste parisien, pour ne pas dire le plus jeune.
Mais l'âge a-t-il vraiment une importance quand on travaille d'arrache-pied pour partager ses passions, son amour de l'art et quant au final le succès est au rendez-vous ?
C'est pourquoi nous avons décidé de vous présenter cette vidéo qui montre une

toute petite partie de son travail. D'une part parce que c'est remarquable. Et d'autre part, parce qu'il s'agit d'une démarche inspirante pour tous les jeunes créatifs et chefs d'entreprise.

Etre galeriste demande entre autres d'avoir la fibre artistique, de savoir communiquer et de maîtriser son sujet. C'est un métier très polyvalent qui tient autant du mousquetaire que du funambule.

Trois minutes ne pourraient restituer la richesse de ce métier, c'est pourquoi nous diffuserons régulièrement d'autres vidéos afin de vous permettre d'en découvrir les différents aspects. »

La journaliste qui travaillait sur le portrait hommage du galeriste François-Xavier B. n'avait que peu de temps à consacrer à Martin de Vaudreuil.

- Tels que vous nous voyez, nous sommes en plein montage. L'homme était complexe, ses amis très discrets, les artistes qu'ils représentaient ont tous refusé de participer, ce qui constitue un casse-tête pour la production. Même Déborah de Robertis menace de nous doubler sur le projet car elle le connaissait mieux que nous et son portrait risque d'être plus intéressant. Nous avons appris qu'ils avaient acheté ensemble des actions Société

Générale juste avant le *Brexit* et passé quelques week-ends ensemble à Deauville pour réaliser la performance dont on parle encore mais bien entendu tout cela reste *off the record*. Nous manquons cruellement de matériau tellement l'omerta est grande.

- Vous avez quoi pour le moment ?

- Ses articles, ses immenses collections, quelques photos de son chien, enfin…Aucune photo de famille bien entendu cela aurait été trop simple, des tonnes de papiers administratifs parfaitement ordonnés, des factures. C'était un bon galeriste, il vendait beaucoup.

- C'est tout ?

- Nous avons aussi des lettres de collectionneurs, des fans qui accepteraient de parler du peu qu'elles ont partagé avec lui car comme je vous l'ai dit il était très secret. Par contre il plaisait beaucoup…C'était le Jim Morrison de l'art contemporain.

- S'il vous entendait, il vous crèverait les yeux !

- Il est surtout dommage qu'un tel homme n'ai pas été cannibalisé de son vivant. Avec toute son aura j'aurai cru que cela lui serait arrivé. Vous aimez ça, vous les galeristes, être pris pour des stars.

Martin de Vaudreuil fit la moue.

- Tout dépend de l'égo de chacun.

La journaliste alluma une cigarette.

Elle en proposa une à Martin de Vaudreuil qui refusa car il avait arrêté récemment grâce à une méthode vietnamienne qui était très efficace.

- Enfin tout ce qu'il faisait était branché. Il n'était pas près d'être démodé. Je me demande pourquoi il n'a pas eu le même traitement que Massimo de Carlo.

Martin de Vaudreuil explosa de rire.

- Il n'avait pas de Cattelan dans son écurie. Et ses artistes l'aimaient beaucoup.

- Là n'est pas le problème. Ce qui est compliqué c'est cette gloire posthume. Qui va vendre ses œuvres et promouvoir ses artistes ?

- Oh ! FX est bien capable d'avoir anticipé cela et d'avoir un pied dans l'au-delà et un pied dans la vie réelle ! Il est très polyvalent vous savez !

- Nous avons retrouvé un de ses premiers écrits de jeunesse dans un obscur site sur l'art contemporain. Je vous ai fait venir pour que vous authentifiiez ce texte.

Martin de Vaudreuil prit la photocopie que lui tendait la journaliste :

« Alors, t'aimes bien ça l'art contemporain ? Tu es fier de toi quand tu parles de ta dernière visite au palais de Tokyo ? Tu sais citer combien d'artistes, dis-moi ?

C'est vrai, tout ça ? Bien ! T'aimerais ça, faire partie de cette élite qui comprend tout, qui connaît toutes les galeries même si en vérité, tout ça t'emmerde un peu. D'ailleurs, quand t'en parles, même si tu ne le dis jamais directement, ça te plaît de nous faire croire que t'en fais partie de cette fameuse élite. Mais c'est bien, tu sais que tu détiens la vérité. Tu fais partie du petit milieu des initiés à l'Avant Garde (l'unique et la grande) tu vis déjà dans le futur hein. Pas vrai ? Ou au moins, t'es dans ton époque. Tu te sens frais comme un glaçon dans tes fesses. C'est vrai, l'art contemporain, c'est super important pour la société, la culture, tout ça quoi. Ouais Ouais. Mais dis-moi mon pote, pourquoi tu mens ? Pourquoi tu te mens à toi-même ? C'est pas que tu ne te respectes pas. Tu te dis des fois que c'est du vent tout ça ?

T'as compris que l'art que tu connais, c'était moitié industrie du luxe (pour certains) moitié divertissement. Parfois aussi utile que le cerveau d'Hanouna. Tu as vu que les galeristes se chiaient dessus un peu ?   T'as vu que les mecs que tu applaudis quand ils font des dessins sur des murs, ils étaient plus coussins péteurs que Che Guevara ? Qu'il suffit de dire « la finance, ils sont méchants » et « je suis Charlie » pour qu'on t'acclame et « je suis pas Charlie » pour qu'on t'acclame plus fort mais en plus petit nombre. Mais dans la bien-pensance, tout le monde se croit unique, pas vrai ? T'as compris que tout ça, *c'était moins révolté que Pollux et plus résigné que Calimero ? Mais bon, peu importe que leurs propos soient sérieux ou intéressants, ça fait tellement du bien de se sentir alternatif. Et puis c'est vrai que c'est trop dur de le faire sérieusement, alors autant faire semblant. Notamment en allant checker l'actualité artistique sur Facebook. Ça légitimise ta flemme de taffer donc c'est cool. Tu passes d'articles en articles, soi-disant culturels même si en général, ça passe de l'insolite au vidéo-gag de toute façon. Il n'y a pas de journal de l'art, que des clones du Pariscope. Il n'y a pas de journalistes, que des attachés de presse. Pas de critiques d'art, c'est pas toléré, que de la pub. Après, mon pote, tu fais ce que tu veux, mais moi, je ne veux plus qu'on me serve du pipi démagogique quand je commande du champagne et je veux du champagne tous les jours.*

François-Xavier B., galeriste »

- Je confirme, c'est de lui, dit Martin de Vaudreuil en rendant l'article à la journaliste.
- Il avait un caractère affirmé.
- Oui. Plutôt que d'être épinglé sur un mur il aurait fallu l'immortaliser dans un livre…
- C'est prévu ! s'exclama la journaliste. Une sommité du Figaro est dessus. Cela va vraiment être l'instant FX !

241

Martin de Vaudreuil eu un petit sourire triste.

- Non. L'instant Fx c'était avant.

   L'instant fx qu'on attendait comme le messie, comme l'instant magique, l'instant fx, c'était l'équation, le fx+b qui faisait tilt.
- Waouh je vais croire que vous êtes amoureux de lui vous aussi !

   Martin de Vaudreuil éclata de rire.
- Pensez ce que vous voulez ! Il a beaucoup été aimé l'année de ses 20 ans mais il n'en a rien fait ! Il pensait sans doute que cela lui était dû…Etrange histoire, c'était son unique printemps, la petite fenêtre temporelle compliquée…Il n'avait pas compris que c'était ce qu'il avait de plus précieux…20 ans ! Après il a eu 21 ans puis 22 ans puis d'autres ans et l'amour porté est devenu une œuvre d'art car il n'avait plus 20 ans justement…Sachez qu'un jour, dans une rue de Paris, le printemps de ses 20 ans, il a souri à une de vos confrères atteinte d'éphébie et tout est devenu lumineux. C'était l'instant FX. Ce moment s'est dilué dans l'air comme le parfum des roses. Que se sont-ils dits ? Ce moment est mort maintenant, tout comme les émotions et les gens concernés.

- J'ai du mal à vous suivre…

- Pas grave, répondit Martin, lui, il aurait compris. On peut aimer intensément 10 secondes. Par contre vous pouvez rajouter à votre portrait qu'il finissait toujours ses soirées ivre mort en dansant et en psalmodiant : *Papa Noël quand tu descendras du ciel n'oublie pas du fun, du prozac et des ailes.* Tout le monde croyait que c'était d'Apollinaire mais c'était de Mylène Farmer. C'était devenu une *private joke*, comme l'Ecole Militaire…

- Comment ça ?

- Il adorait dire : *l'Ecole Militaire, ce joyau de l'art gothique.* C'était une référence à Raymond Queneau mais la majorité des gens n'ayant pas lu *Zazie dans le métro* et François-Xavier étant galeriste beaucoup prenait cette affirmation comme vraie. Grâce à lui l'Ecole Militaire est devenue un joyau de l'art gothique ! Ce n'est pas rien ! Ce n'est pas anodin que les choses se soient passées près de l'Ecole militaire.

- Certainement pas.

- Bon, si vous n'avez plus besoin de moi je vais m'en allez car j'ai quelques rendez-vous à honorer. Vous n'auriez jamais pu interviewer François-Xavier de son vivant ! Il était toujours par monts et par vaux ! C'est le métier qui veut ça.

- Merci Martin en tout cas de votre contribution. Nous utiliserons peut-être cet article pour le reportage.

Martin de Vaudreuil fit un petit signe de tête à la journaliste et se dirigea vers la sortie. En le voyant passer la concierge lui dit :
- Bonjour Monsieur le Comte.
Il répondit en soulevant son chapeau car il savait que cela faisait plaisir aux petites gens d'avoir le salut des grands de ce monde. En passant devant le tabac où il achetait autrefois ses cigarettes il salua son vieil ami Arnaud qui redécorait l'intérieur avec des banderoles d'*Euro Millions* livrées le matin même par la Française des Jeux.
Un peu plus loin, la maraichère, Apolline lui adressa aussi un franc sourire mais elle dut encaisser un client et ils n'avaient pas le temps de discuter comme ils le faisaient chaque matin.

Il atteignait la fin de la rue Raymond Losserand quand le pharmacien du quartier, Emmanuel, lui posa une main sur l'épaule et lui demanda :
- Bonjour FX, comment ça va ?
- Très bien Manu, on est en train de réaliser un documentaire sur ma carrière et je vais être le personnage d'un livre.
- Hé ben ! Tu vas avoir besoin d'ampoules de *Tramadol* et de *Mogadon*.
- Grave. Oui. C'est super.
- Et les travaux dans la galerie ?
- Presque terminés.

- On entend toujours ces bruits de tir ?

- Toujours si on y fait attention mais moi je suis tellement habitué…Je te présenterai la gérante, elle s'appelle Lydia. Elle vient du Vietnam et ses raviolis sont à tomber. On se recapte vite. J'ai un rendez-vous. Je passerai à ta pharmacie prochainement j'ai des cotons tiges à commander avant qu'ils soient définitivement interdits à la vente ! Ou plutôt ma stagiaire s'en chargera !

- Entendu !

FX pressa le pas.

Il avait des tonnes de rendez-vous et cette notoriété soudaine n'allégeait pas son agenda. Le maire d'Hossegor surtout le harcelait.

Il ne savait pas comment lui dire qu'il ne souhaitait pas faire un discours d'inauguration dans sa ville parce que le même jour il était attendu à Collioure avec le sous-préfet.

D'ailleurs, est-ce que la secrétaire avait pensé à prendre les billets de train ?

Toutes ces petites choses qu'il gérait quand il était débutant étaient désormais l'apanage de tout un tas d'assistants dont il se méfiait.

- Chiara ? appela-t-il tout en marchant. Est-ce que vous avez réservé mes billets de train et mon hôtel ?

- Oui monsieur.

- Merci. C'est bien.

- Avez-vous pensé à rappeler votre femme ?
- Ma femme ?
- La Comtesse Lola.
- Euh…non. Je croyais que vous parliez d'Irina. Appelez-la pour moi et dites-lui que tout va bien, je rentre comme d'habitude à 22 heures.
- Votre coach Véra vous conseille Arthur Rimbaud, elle dit que c'est parfait pour briller dans les diners en ville.
- Très bien, j'adore Rimbaud, commandez-moi Les Illuminations à la *FNAC*.

Il s'apprêtait à raccrocher quand Chiara lui dit :
- Monsieur, votre frère a appelé, il voulait vous dire qu'il avait acheté tout le groupe agro-alimentaire vegan qui produit des raviolis pour le marché de l'Est et que bien qu'il soit dans les pates jusqu'au cou, il allait vous rendre visite à Dax le mois prochain !
- C'est une bonne nouvelle, je suis très content ! Rien d'autre ?
- C'est tout.
- Merci, bonne journée Chiara. On se voit à la Nuit des galeries.

François-Xavier marchait vite mais cela ne l'empêcha pas d'être en retard au cabinet du docteur Kowalski.
- Bonjour Stanislas ! J'ai cru que vous n'alliez

pas venir comme la semaine dernière, lui dit le psychiatre en l'accueillant. Dans ce cas j'aurai été obligé d'appeler la police.

- Mais puisque je vous dis que je suis sérieux ! s'impatienta FX.

- Très bien, répondit calmement le psy. Alors aujourd'hui Stanislas, vous allez m'expliquer calmement ce qui s'est passé puis vous me confirmerez qui vous êtes, combien, de quel sexe et où vous vous trouvez. Je nous ai réservé l'après-midi complète.

Stanislas haussa les épaules. Cela lui était égal. Dissociation. Projection. Trouble de la personnalité. Il vivait des moments intenses, imaginaires, flottants.

Pourquoi expliquer tout cela à ce petit chauve à lunettes ?

Un jour adolescent ambitieux, un jour lycéen, un jour bisexuelle, un jour Comte, le lendemain sénateur, parfois vieille Comtesse ou professeur de français. Il ne voulait pas choisir un seul rôle. Il voulait vivre plusieurs vies.

- Mais voyons Stani, c'est invivable, il doit bien y avoir un personnage que vous préférerez le plus !

Stanislas réfléchi un moment puis énonça :
- FX ! J'aime bien être FX.
- Parfait, répondit le psychiatre. Alors essayez tous les jours d'être FX. Vivez l'instant FX ! Vivez tous les instants FX ! Transformez-les en instants magiques, uniques, les vôtres, qui n'appartiendront qu'à vous et à vous seul.

Stanislas lui fit un grand sourire.

- J'essaierai. Je deviendrai peut-être galeriste quand je serai grand. Ce doit être un métier passionnant.

Et il s'allongea sur le divan du psychiatre comme s'il allait débuter le récit de ce qui s'était tramé dans sa tête mais à la place il s'endormit.

Le docteur Kowalski rangea ses instruments de dentiste, se résigna et mit à profit ce temps libre pour rédiger le rapport quotidien qu'il envoyait à l'Ecole Militaire, avec en copie le Comte de Vaudreuil, comme il le faisait après chaque rendez-vous avec son jeune client.

Il était plutôt pressé et évasif.

Dans une heure, le notaire Grandet allait passer le chercher pour aller surfer sur les jolies planches de Leona Rose.